Vom Leben geschrieben

Bibliografische Information der Deutschen Nationalbibliothek: Die Deutsche National-bibliothek verzeichnet diese Publikation in der Deutschen Nationalbibliografie; detail-lierte bibliografische Daten sind im Internet über http://dnb.dnb.de abrufbar.

Satz und Layout: © Karl Miziolek 2019
Cover: Ursula Kothgasser, www.koco.at

Herstellung und Verlag:
BoD–Books on Demand GmbH. Norderstedt

ISBN 9783732234486

Karl Miziolek

Vom Leben geschrieben –

Kurzgeschichten Teil II

Inhalt

- 5   Der Rollator
- 12   Damals
- 13   Das war knapp
- 19   Die Liebe
- 20   Der Alltag
- 28   Frühling
- 29   Liebe auf Zeit
- 31   Schmerzhafte Erinnerung
- 43   Glückseligkeit
- 44   Die Entscheidung
- 48   Verbotene Liebe
- 49   Alles für die Katz
- 57   Love me tender …
- 66   Im Einkaufszentrum
- 72   Die Lösung
- 75   Der Brief
- 78   Die Warnung
- 82   Der Fluch
- 94   Der Jahrestag
- 97   Das Geständnis
- 106   Die Welt der Erwachsenen
- 117   Das Missverständnis

Der Rollator

Herr Mayer spazierte mit seinem Rollator gemütlich im Stadtpark. Es war ein herrlicher Frühlingsvormittag.
Immer wieder blieb er stehen und lauschte dem Zwitschern der Vögel im Liebestaumel.

Nur wenige Mütter mit ihren Kinderwagen flanierten, so früh des Tages, auf den verschlungenen Wegen des Parks.
Rüstige Pensionisten belegten schon einige Bänke oder sie fütterten die Enten im Teich. Andere spielten Schach mit großen Kunststofffiguren auf einem betonierten Schachbrett.
Herr Mayer wohnte in dem Seniorenheim, das direkt am Park lag. Er verbrachte viel

Zeit in dem Park, wenn es das Wetter zuließ.

Heute war er früher dran als sonst. Langsam spürte er die Müdigkeit und suchte eine Parkbank.

„Ist hier noch ein Platz frei?", fragte er eine junge Frau, die schon auf der Bank saß und ein Buch las. „Gerne", antwortete sie.

„Beneidenswert, die Kleinen, die werden gefahren", sagte er und zeigte auf eine Mutter, die gerade ihren Kinderwagen an ihnen vorbeischob. Seine Banknachbarin hob kurz den Kopf und sagte: „Ja, ja, die haben's gut." Und vertiefte sich wieder in ihr Buch.

Die junge Dame schien ihm nicht sehr gesprächig zu sein.

Als er nach einer Weile aufstand, um wieder ein Stück weiter zu wandern, stolperte

er über ein Rad seines Rollators.
Er fiel der Länge nach auf den Boden und schlug mit dem Gesicht auf den Sand.
Im selben Moment fuhr auf der Straße ein Rettungswagen mit Blaulicht und Sirene vorbei. „Haben Sie sich wehgetan?", fragte die junge Frau und beugte sich besorgt zu ihm hinunter. „So eine Unverschämtheit, mich mit dem Auto anzufahren und dann einfach Fahrerflucht zu begehen", schimpfte er.
„Hier fahren keine Autos, wir sind im Park", sagte sie. „Ja, ja, nehmen Sie sie nur in Schutz, diese Rowdies!"

Sie half dem alten Mann, sich wieder auf die Bank zu setzen. Jetzt erst sah sie, dass er etliche blutende Schürfwunden im Gesicht hatte.

„Ich habe ihn noch hupen gehört, und schon bin ich gefallen!"
Die junge Frau wusste nicht recht, was sie tun sollte. Sie wollte schon ihr Handy aus der Tasche nehmen, da sah sie, wie eine Frau aufgeregt winkend auf die beiden zulief. „Herr Mayer, was machen Sie denn für Sachen", sagte sie besorgt zu dem alten Mann.
„Man müsste dem Herrn helfen, er ist verletzt", bemerkte die junge Frau.
„Ich bin Krankenschwester im Seniorenheim dort", die Pflegerin zeigte auf das Gebäude, „in dem der Herr wohnt."
Sie besah sich kurz die Wunden und meinte: „Das werden wir zuhause behandeln."

Dann fragte sie: „Was ist denn passiert?"
„Der Herr ist beim Aufstehen über seinen

Rollator gestürzt", sagte die junge Frau. „Nein, nein, ich bin …", begann der alte Herr. Er sah die junge Frau an. „Ja, ja, sie hat recht, ich bin gestolpert", besann er sich dann anders.

„Woher wussten Sie eigentlich, was passiert war?", fragte die junge Frau die Krankenschwester.

„Wir testen gerade an unseren mobilen Gästen ein neues System einer Notfalluhr, die nicht nur vom Träger aktiviert werden kann, sondern selbstständig bei Sturz und anderen starken Bewegungen ein Signal auslöst.

Herr Mayer hatte sich abgemeldet, um in den Park zu gehen, so wussten wir gleich, wo er sich befindet."

Die Krankenschwester und Herr Mayer bedankten sich bei der Frau, dann ging sie mit ihm zurück ins Heim. Die junge Frau widmete sich wieder ihrem Buch.

Auf dem Weg ins Heim sagte Herr Mayer plötzlich: „Schwester, wir müssen noch zur Polizei, ich muss ja eine Anzeige machen."
„Was für eine Anzeige, Herr Mayer?", fragte die Schwester erschrocken.
„Na, ich bin doch von einem Auto niedergestoßen worden im Park", erklärte Herr Mayer.
„Das hat noch Zeit, Herr Mayer. Jetzt gehen wir erst einmal nachhause und behandeln ihre Wunden, und dann gibt es Mittagessen", besänftigte sie ihn geduldig.
„Sie haben recht, Schwester, so schlimm war es ja auch wieder nicht.
Aber der junge Mann hat mir nicht geglaubt, das ärgert mich."

„Ja, Herr Mayer, das war nicht schön von ihm. Gleich sind wir zuhause, dann müssen Sie mir alles erzählen", sagte sie und seufzte.

Damals

Damals,
als wir noch vereint hier standen,
mit sehnsuchtsvollem Blick
die Sonne langsam sinken sahen,
hinab ins tiefe Meer.
Da war noch kein Gedanke
an schmerzerfüllte Einsamkeit.
Nun stehe ich hier,
allein gelassen – wieder
schaue ich der Sonne zu.
Doch heute sinkt sie,
scheint mir, schneller
und nimmt meine Gedanken mit
ins kalte, dunkle Nass.
Damals …

Das war knapp

Außer Atem hastete Manuel die Treppe zur U-Bahn hinunter. Er konnte gerade noch rechtzeitig einsteigen, bevor sich die Türen des Zuges schlossen.
Sofort umgab ihn der typische schwere Duft einer morgens gut gefüllten U-Bahn. Da kein Sitzplatz frei war, blieb er stehen und hielt sich an einer der Halteschlaufen im Türbereich fest.

Eine junge hübsche Frau fiel ihm auf, die in der zweiten Sitzreihe am Fenster saß. Sie blickte zu ihm hoch und lächelte. Er versuchte, die Duftnoten im Wagen zu analysieren: zwischen Großküche, Kraftkammer und Parfümerie – weiter kam er nicht.

„Fahrscheinkontrolle", tönte es von einem Ende des Wagons. Schlagartig wurde ihm bewusst, dass er seinen Fahrschein am Abgang nicht entwertet hatte. Unnötigerweise tastete er alle Taschen ab, als suchte er eine gültige Fahrkarte. Er spürte den Blick der jungen Frau, die sein ratloses Herumhantieren neugierig beobachtete.

Er sah sie mit leicht verzweifelter Miene an. Sie schmunzelte und zwinkerte ihm zu, als wollte sie sagen: Keine Angst! Ich mach das schon. Inzwischen war der Kontrolleur bei ihr angelangt. Sie ließ sich furchtbar viel Zeit damit, in ihrer Tasche nach dem Fahrschein zu kramen, entschuldigte sich wortreich und suchte immer weiter.

Inzwischen fuhr der Zug in die nächste Station ein. Manuel erfasste die Situation und schlüpfte hinaus.

Erst jetzt, so zeigte ihm noch ein flüchtiger Blick durchs Fenster, hatte sie plötzlich ihren Fahrschein in der Hand und hielt ihn dem nervös gewordenen Kontrolleur triumphierend unter die Nase. Zwei Stufen auf einmal nehmend, hastete Manuel die Treppe hoch zum Ausgang.
„Puh!", das war knapp gewesen.

Am Abend, es war einer jener lauen Sommerabende, die man gerne im Freien verbringt, spazierte er in der Fußgängerzone der Innenstadt.
Da sah er sie. Unverkennbar, seine Fee aus der U-Bahn: Lange schwarze Haare, dunkle Augen. Sie saß allein an einem der Tische, die vor einem Kaffeehaus aufgestellt waren, und beobachtete die Leute.
Er blieb stehen.

Sie bemerkte ihn, erkannte ihn sofort und lächelte ihn an.

Er überlegte nicht lange und ging auf sie zu. „Ist hier noch frei?", fragte er.

„Ja, ja", sagte sie. Dann stand sie auf, umarmte ihn und fragte lachend: „Haben Sie Ihre Schwarzfahrt gut überstanden?"

„Dank Ihrer Hilfe, ja", antwortete Manuel etwas verlegen. Er war erfreut, aber auch erstaunt über diese überaus herzliche Begrüßung.

„Sie sind nicht von hier?", fragte er, als ihm ihr Akzent bewusst wurde. „Nein, ich bin nur einige Tage in der Stadt", erklärte sie, „Wegen der Modewoche."

Kaum hatte sie wieder Platz genommen und Manuel sich neben sie gesetzt, er wollte gerade fragen, woher sie komme, da standen plötzlich eine Polizistin und ein

Herr in Zivil an ihrem Tisch.

„Ihre Ausweise, bitte", forderte der Mann die beiden auf und zückte eine Dienstmarke.

Manuel blickte erstaunt von einem zur andern. „Ich versteh' nicht – was soll das?" Schließlich griff er doch in die Innentasche seiner Jacke, um seine Brieftasche herauszuholen.

Aber da war nichts.

„Ihre Brieftasche werden wir wohl bei der jungen Dame finden", sagte der Mann. „Nicht wahr, Anna, oder wie auch immer Sie heute heißen?"

Inzwischen hatte die Beamtin Manuels vermeintliche neue Freundin aufgefordert, ihre Taschen zu leeren. Tatsächlich befand sich Manuels Geldbörse in der Tasche seiner U-Bahn-Fee.

Manuel schaute sie nur mit großen Augen an. Er wusste nicht, was er sagen sollte. „Sie haben mich beklaut?", brachte er schließlich heraus. Er war fassungslos.

Sie zuckte mit den Schultern. „Hm, Pech gehabt", sagte sie.

Die Polizistin nahm Manuels Personalien auf und händigte ihm die Brieftasche aus, dann durfte er gehen.

Seine Zufallsbekanntschaft wurde von den beiden Beamten höflich, aber bestimmt aufgefordert, ihnen zu folgen.

Zum zweiten Mal sagte Manuel heute: „Puh!" Das war knapp gewesen.

Die Liebe

Wie kann ich meine Liebe zähmen,
dass sie nicht durchgeht
wie ein feuriges Ross?
Ich kann sie nicht verstecken,
so gerne ich auch möcht.
Nach außen, fast schon sichtbar,
mein liebend, brennend Herz.
Nur wenn wir beide, du und ich,
dem Eros frönen,
in selig holder Zweisamkeit,
dann sind sie fort,
die quälenden Gedanken.
Dann sind wir beide nur noch eins.
Ich brauch' nichts zu verbergen,
ich geb' die Zügel frei
und lass der Liebe freien Lauf.

Der Alltag

Wieder einmal zeigte der Alltag Waltraud seine Krallen: Schnell das Frühstück machen und den Tisch decken, so liebevoll es eben in der Kürze ging. Was ohnehin sinnlos war, denn die anderen würgten es im Vorbeigehen hinunter. Die anderen, das waren: ihr Mann Erich, ihre Tochter Jasmin und Sohn Wolfgang.

„Vergiss nicht, in die Apotheke zu gehen!", sagte Erich, bevor er die Kaffeetasse auf den Tisch zurückstellte und sich verabschiedete. „Mama, der Seifenspender ist leer", rief Jasmin aus dem Badezimmer. „Bis am Abend", rief sie in die Küche. „Vergiss nicht, meine Bluse zu waschen", kam noch aus dem Vorzimmer hinterher, und weg war sie.

Wolfgang saß als Einziger bei ihr am Küchentisch, starrte aber unentwegt in sein Smartphone. „Übrigens, das Klopapier ist auch alle", sagte er ganz ruhig, ohne seinen Kopf zu heben. „Tschüss, ich muss dann auch", sagte er, stand auf und ging.

Waltraud stützte ihren Kopf in beide Hände und schloss die Augen. Sie spürte, wie sich in ihr Druck aufbaute wie in einem Kochtopf. Plötzlich schrie sie sich explosionsartig den Frust von der Seele.

„Nein, so nicht mehr! Mit 40 kann doch das nicht alles gewesen sein!

Ein Mann, der nur seine Arbeit im Kopf hat, der selbst beim ohnehin spärlichen Sex vermutlich Zahlenkolonnen addiert und

Briefe diktiert. Zwei pubertierende Kinder, verwöhnt bis zum Geht-nicht-mehr. Jetzt bin einmal ich dran!"

Sie ließ im Haus alles, wie es war, packte im Schlafzimmer das Notwendigste an Kleidung für drei Tage in ihren Trolley und schrieb kurz eine Nachricht auf einen Zettel: „Bin in drei Tagen wieder da".
Den legte sie auf den Küchentisch. Sie hatte am Vortag in der Zeitung von einem neu eröffneten Wellnesshotel gelesen – das wär doch was, überlegte sie.
Die Zeitung lag noch auf der Kommode, hergerichtet zum Entsorgen, was natürlich auch sie machen sollte. Schnell suchte sie im Artikel die Telefonnummer des Hotels und rief an. Die Buchung ging glatt über die Bühne.

Nachdem sie ein Taxi bestellt hatte, löschte sie alle Nummern, die sie zuletzt angerufen hatte, und legte das Handy neben den Zettel auf den Tisch.

„Wo soll's denn hingehen?", fragte der Taxilenker, nachdem er Waltrauds Koffer im Kofferraum verstaut hatte.

„Zum Bahnhof!"

Die Zugfahrt dauerte keine Stunde. Am Zielbahnhof stand schon ein Shuttlebus des Hotels bereit. Nachdem sie ihr Zimmer bezogen hatte, beschloss Waltraud, gleich den Rest des Tages richtig zu genießen.

Sie machte es sich auf einer Liege in der Schwimmhalle bequem und beobachtete erst einmal die anderen Gäste.

Ein gutaussehender Mann erweckte ihre Neugierde. Sie schätzte ihn etwas jünger als sie, ungefähr 30 bis 35 Jahre. Er lag am anderen Beckenrand genau ihr gegenüber und las ein Buch. Nicht sehr konzentriert, denn dann und wann und immer häufiger schaute er verstohlen zu ihr herüber.

Sie wusste nicht recht, was sie tun sollte. Da stand der Mann auf, um ins Wasser zu gehen. „Auch noch gut gebaut, braungebrannt, mit einem richtigen Sixpack. Bei Erich geht der Bauch ja schon eher in Richtung Bierkiste", dachte sie und suchte nun ihrerseits den Blickkontakt.

Er lächelte und nickte ihr zu. Sie spürte, wie ihr immer wärmer wurde. Dieses Gefühl, dass sich ein Mann für sie interessierte, hatte sie schon Jahre nicht mehr gehabt. Verwirrt verließ sie rasch das Bad, um auf ihr Zimmer zu gehen.

Nie in all den Jahren hatte sie daran gedacht, Erich zu betrügen. Andererseits fühlte sie sich plötzlich ziemlich jung und unternehmungslustig.

Den Rest des Tages verbrachte sie mit einem Spaziergang in der Stadt. Aber ihre Gedanken waren immer bei dem Mann im Bad. „Wird er am Abend auch im Restaurant sein?", fragte sie sich. Sie war aufgeregt wie ein Teenager.

Und tatsächlich, an einem Tisch genau auf ihrer Höhe, aber an der gegenüberliegenden Wand des Restaurants, da saß er. Diesmal suchten einander ihre Blicke von Anfang an. Waltraud glaubte innerlich zu verbrennen. Zum Glück wurde sie abgelenkt, denn der Kellner trat an ihren Tisch und fragte nach ihren Wünschen. Als sie wieder hinübersah, war er verschwunden.

Auch am Buffet suchten ihn ihre Augen vergeblich. Sie wollte schon aufstehen, um sich dort zu bedienen, als er plötzlich vor ihr stand.

Sie meinte in den Erdboden versinken zu müssen. Aus der Nähe sieht er ja noch besser aus, schoss es ihr durch den Kopf. Wenn der keine Sünde wert wäre, wer dann?

„Verzeihen Sie, gnädige Frau, dass ich Sie so ohne weiteres anspreche. Gestatten, mein Name ist René", sagte er mit einer Stimme, die Waltraud wohlig erschauern ließ. „Bitte entschuldigen Sie, wenn ich Sie dauernd so angestarrt habe. Aber Sie haben eine verblüffende Ähnlichkeit mit meiner Mutter, als wären Sie ihre Zwillingsschwester. Sie sollte morgen kommen, wir haben uns hier verabredet. Seit zwei Jahren haben wir uns nicht gesehen."

Er überreichte Waltraud, mit einer knappen Verbeugung, drei rote Rosen.

„Kein ... Problem", stotterte diese und spürte, wie ihr heiß und kalt wurde und ihre Knie zu zittern begannen.

Mit den Worten: „Ich wünsche Ihnen noch einen wunderschönen Abend, man sieht sich ja vielleicht noch", verabschiedete er sich.

Waltraud war niedergeschmettert. Ihr war der Appetit vergangen, das musste sie erst einmal verdauen.

Sie hielt sich beim Aufstehen mit beiden Händen am Tisch fest, um nicht das Gleichgewicht zu verlieren.

Auf dem Weg in ihr Zimmer blieb sie an der Rezeption stehen:

„Ich reise morgen früh ab. Bitte machen Sie mir die Rechnung fertig."

Frühling

Erster Frühlingsmorgen,
ich gehe in den Garten.
Noch schläft die keimende Natur.
Ein sanfter Windhauch
bringt den Geruch von Werden.
Ich fülle meine Lungen voll.
Ich lasse meine Seele atmen,
gierig sauge ich die Stille ein.
Der Lärm in mir und überall verstummt,
vergessen ist die Zeit.
Ich spüre tief in mir
die neue Lebenskraft.

Liebe auf Zeit

Die Sonne schien genau durch den Spalt der nicht zur Gänze zugezogenen Vorhanghälften. Sie kitzelte Norbert in der Nase.
Ein kurzer Blick zu ihr: Sie schlief und atmete ruhig. Das war für ihn immer der schönste Moment am Morgen danach.

Gestern Abend waren sie noch dieser Welt entflohen. Entrückt den banalen Momenten des Lebens. Gemeinsam standen sie auf den Klippen, hoch über dem Meer. Unter ihnen die tobende Gischt.

Er hielt sie fest umschlungen. Ihre langen blonden Haare wehten wild zerzaust im Aufwind.

Zärtlich drehte er ihr Gesicht zu sich. Im goldenen Licht der untergehenden Sonne sah er, dass sie Tränen in den Augen hatte. Sie rannen über ihre Wangen, als wollten sie zurück ins Meer.
Er nahm sie dankbar in sich auf – trocknete sie mit seinen Küssen.

Niemals durfte es mehr sein, das hatten sie sich geschworen.

Aber nach zehn Jahren eines gemeinsamen Wochenendes, einmal im Jahr, auf Kreta, fiel der Abschied immer schwerer.

Schmerzhafte Erinnerung

Dampfend und schnaufend ratterte die kleine Schmalspurbahn durch das Hügelland des nördlichen Waldviertels.
Robert betrachtete durchs Fenster aufmerksam die vorbeiziehende Landschaft. Felder, Dörfer, Wiesen, ein dichter Wald – Erinnerungen wurden wach.
Das Pfeifsignal der Dampflok weckte ihn aus seinen Gedanken. Es kündigte die nächste Station an, da musste er aussteigen.
Als er auf dem Bahnsteig stand, sah er sich um und befand: hier hatte sich nichts verändert in all den Jahren.
Nur war das kleine Stationsgebäude mit dem Schild „Alt Weitra" jetzt unbesetzt.

Im Geiste sah er den alten Bahnhofsvorstand, der jeden Reisenden, der hier ein- und ausgestiegen war, persönlich gekannt und begrüßt hatte. Immerhin waren seit seiner letzten Fahrt mit diesem Zug fast 30 Jahre vergangen.

Früher hatte er immer in den Ferien seine Großmutter besucht. Er liebte die Fahrt mit der Schmalspurbahn, die von der Bezirkshauptstadt Gmünd nach Groß-Gerungs fuhr. Wie damals in den Kindertagen machte er sich nun zu Fuß vom Bahnhof auf den Weg zum Haus seiner Großmutter.
Das war ein Fußmarsch von gut einer Stunde. Das Haus stand auf einer kleinen Wiese, umgeben von Wald.
Nach dem Tod der Oma hatte Martin, ein Cousin von Robert, der bei der Großmutter

gewohnt hatte, das Haus geerbt.

Robert hatte seinen Besuch telefonisch angekündigt und wurde schon freudig erwartet und mit großem Hallo empfangen.

Martins Frau und die zwei Kinder kannte Robert schon von früheren Familientreffen anlässlich einiger Hochzeiten und Beerdigungen. Aber im Haus selbst war er seit dem Tod der Oma nicht mehr gewesen. Martin hatte es etwas umgebaut und modernisiert, den Dachboden hatte er in eine komfortable Ferienwohnung verwandelt, um sie zeitweise zu vermieten, wie er erzählte.

Den Rest des Tages verbrachten sie mit Erzählungen von früher. Die beiden Männer hatten an ihre Kindheit in diesem Haus viele gemeinsame Erinnerungen. So wurde es spät, bis er ins Bett kam.

Robert konnte in der Ferienwohnung unter dem Dach schlafen, die zur Zeit nicht belegt war. Er hatte eine traumreiche Nacht und stand schon früh auf, um die Umgebung zu erkunden. Er staunte, wie wenig sich hier verändert hatte. Immer noch existierte der Weg durch den Wald, den sie schon als Kinder jeden Sonntag in die Kirche gegangen waren.

Beim Mittagessen erzählte ihm Martin, dass am Nachmittag in der Nachbargemeinde ein Scheunenfest stattfinden würde. „Das wäre doch etwas, was meinst du?" „Eine gute Idee, da bin ich dabei", sagte Robert.
Martins Frau und die Kinder hatten keine Lust mitzukommen, so zogen die beiden Männer gegen 19 Uhr ohne sie los.

Der Weg durch den Wald war nicht weit, und da sie vermutlich das eine oder andere Bier trinken würden, ließ Martin vorsorglich das Auto zuhause stehen.

Schon von weitem hörten sie die Musik. „Da geht's ja schon richtig rund", sagte Robert lachend. In der Scheune war das Fest bereits in vollem Gang. Eine Band spielte für einige ausgelassen tanzende Paare, um die Tische saßen die Leute in kleineren und größeren Gruppen schwatzend und lachend zusammen und riefen einander ab und zu Späße zu.

Robert erkannte viele Jugendfreunde sofort wieder, bei anderen musste ihm Martin auf die Sprünge helfen.

„Schau, dort am zweiten Tisch rechts sitzt die Anna", sagte er und grinste. Er wusste, dass Anna Roberts große Liebe gewesen war. Robert sah hinüber. Ja, das war unverkennbar „seine" Anna. Mit 12 Jahren war Robert unsterblich in Anna verliebt gewesen, hatte ihr sogar Gedichte geschrieben und Blumen für sie gepflückt. Auch Anna mochte ihn sehr, gemeinsam hüpften sie oft Hand in Hand über die Wiesen oder spielten den halben Tag im Wald.

Der Sohn des Bauern, bei dem Annas Mutter Magd gewesen war, war ebenfalls verliebt in Anna gewesen, aber sie wollte von ihm nichts wissen. Robert erinnerte sich, da hatte es manchmal großen Ärger gegeben, mit gegenseitigen Streichen und sogar Prügeleien. Bei denen hatte allerdings meistens er die Oberhand behalten.
Als seine Besuche bei der Oma weniger wurden und schließlich nach ihrem Tod

ganz aufhörten, hatte er auch Anna aus den Augen verloren. „Das waren noch Zeiten", lachte er. „Ist sie verheiratet", fragte er dann.

„Nein, sie ist Witwe. Ihr Mann kam vor einigen Jahren bei einem Autounfall ums Leben."

Da wurden zwei Plätze an einem der Tische frei. Kaum hatten sie sich hingesetzt, sah Robert, dass Anna gerade allein am Tisch saß. Er zögerte nicht lange und ging zu ihr. Als er fast bei ihr angekommen war, sah Anna auf, stutzte einen Moment, dann huschte ein erstauntes Lächeln über ihr Gesicht.

„Robert?", fragte sie. Sie hatte ihn sofort erkannt. Robert spürte augenblicklich ein Kribbeln im Bauch wie einst in den Kindertagen.

Er verbeugte sich theatralisch. „Darf ich bitten?", forderte er Anna lachend zum Tanz auf. Sie sagte, „Gerne", und eine leichte Röte stieg in ihr Gesicht. Auf der Tanzfläche war gerade ein ziemliches Gedränge, so kamen die beiden einander zwangsläufig immer näher. Robert redete ohne Unterbrechung auf Anna ein, erzählte von Gott und der Welt, doch Anna hörte nur halb hin. Sie hatte die Augen geschlossen und drückte sich fest an ihn: „Sei still!", flüsterte sie ihm ins Ohr.

Nach dem Tanz gingen beide hinaus, um frische Luft zu schnappen. Wieder begann Robert zu reden. „Komm, setzen wir uns dort drüben hin", unterbrach sie ihn und deutete auf eine Bank, die etwas abseits stand. Jetzt verstand es Robert endlich.

Anna wollte nur den Moment genießen und ihn sich nicht durch seinen Redeschwall zerstören lassen. Nachdem sie eine Weile stumm nebeneinander gesessen waren, legte Robert seinen Arm um sie. Anna schmiegte sich an ihn.

„Wie schön, hörst du das Kinderlachen?", fragte sie.

„Ja", antwortete Robert. Anna küsste ihn schüchtern auf die Wange, wie damals in den Kindertagen.

„Ich muss wieder hinein", sagte sie und stand auf.

Als sich Robert erholt hatte, war Anna schon in der Scheune verschwunden.

Zurück in der Scheune, hielt er nach ihr Ausschau, Anna war aber nirgends zu sehen. Robert wanderte von Tisch zu Tisch, begrüßte alle, die er kannte, und unterhielt

sich mit ihnen. Bei dem einen oder anderen musste er sich hinsetzen und mit ihnen anstoßen. So wurde es immer später, bis Martin auf ihn zukam: „Ich glaube, wir müssen langsam nachhause, es ist schon spät!" Robert hatte die Hoffnung noch nicht aufgegeben. Immer wieder suchte sein Blick Anna.
„Ja, lass uns gehen", sagte er schließlich.

Es war schon längst Nacht, als sie sich auf den Heimweg machten, und der Mond strahlte nur schwach durch den wolkenverhangenen Himmel. „Lass mich vorgehen, ich bin neugierig, ob ich den Weg auch im Finstern noch finde", sagte Robert, als sie zum Waldweg kamen.
Eine Weile ging alles gut. Plötzlich stolperte Robert und fiel der Länge nach aufs Ge-

sicht. „Au!", schrie er auf.

Martin blieb stehen.

„Was ist los?", fragte er. Robert rappelte sich hoch. „Ich bin über irgend etwas gestolpert", sagte er.

Da verzog sich eine Wolke, und im hellen Mondlicht sahen sie, dass ungefähr 20 cm über dem Boden ein Seil über den Weg gespannt war.

„Wer macht denn so einen Scheiß?", fragte Martin.

„Ich kann es mir denken", antwortete Robert, der sich gleich wieder in die Kindheit zurückversetzt fühlte. Er hatte seinen Nebenbuhler von damals auch in der Scheune gesehen. Der hatte sicher mitbekommen, wie Robert mit Anna tanzte. Nachdem es den beiden wegen der Dunkelheit nur mit Mühe gelungen war, das Seil zwischen den zwei Bäumen, an denen es befestigt war, zu entfernten, fanden sie an einem der Bäume einen Zettel. Martin steckte ihn ein.

Zuhause stellte Robert, als er in den Spiegel schaute, erleichtert fest, dass bei dem Sturz nicht viel passiert war, er hatte lediglich eine kleine Abschürfung auf der Nase.
Martin nahm den Zettel aus der Tasche und las ihn Robert vor: „Zur Erinnerung! Lass die Finger von Anna!"

Glückseligkeit

Still liegt der See vor mir,
in der Ferne leuchten
schneebedeckte Berge.
Meine Augen erfreuen sich
am frischen Grün der Bäume.
Nichts stört das Zwiegespräch
mit meiner Seele.
Ich bin reich, in diesem Augenblick.
Obwohl allein, so bin ich doch
nicht einsam.
Der Himmel und die Natur,
sie sind mit mir vereint.
Dankbar und voll Demut
nehme ich sie an,
die Glückseligkeit.

Die Entscheidung

Stille ringsum, zarter Frühnebel bedeckte den See. Aufgeschreckt flogen Enten hoch. Zwei Schwäne zogen majestätisch ihre Bahn.
Manfred hatte heute keine Augen für diese Idylle. Schwer atmend ging er seine Runde um den See. Sonst lief er fast täglich die 3 Kilometer.
In seinem Kopf hämmerten die Gedanken und immer wieder dieselbe Frage: „Was soll ich machen?"

Seit Monaten quälte er sich. Er, ein Mann, der mit beiden Beinen im Leben stand, erfolgreich und angesehen, Leiter eines Betriebes mit 50 Angestellten, konnte keine

Entscheidung treffen.

Gestern hatte ihm Helen mitgeteilt, dass sie schwanger sei. Genau an dem Tag, an dem er endlich den Entschluss gefasst hatte, sich von ihr zu trennen.

Immer wieder hatte sie ihn vor die Wahl gestellt: „Ich oder deine Familie!"

Als er sich heute früh verabschiedete, sagte Susi, seine kleine Tochter, zu ihm: „Gehst du heute nicht laufen, Papa?" „Warum denn?", fragte er und tat erstaunt. „Weil du die falschen Schuhe anhast."

Es zerriss ihm fast das Herz. „Nein, mein Engel, Papa geht heute nur spazieren." „Papa muss nachdenken", fügte seine Frau Anna hinzu und nahm ihre Tochter auf den Arm.

Sie sah, wie sich Manfreds Augen mit Tränen füllten. Er liebte seine Frau und Susi. Er liebte aber auch Helen.

Und jetzt das mit Helen und dem Kind. Beides konnte er nicht haben, er musste sich entscheiden, das wusste er. Bisher hatte er sich vor dieser Entscheidung immer gedrückt.

Er blieb kurz stehen. Fühlte in der Jackentasche das kalte Metall seiner Pistole. Hastig blickte er um sich.

Weit und breit kein Mensch zu sehen. Er schrie etwas über den See. Aber der Nebel schluckte seine Worte.

Er war zu schwach, sich für eine der beiden Frauen zu entscheiden.

Nahm die Pistole aus der Jackentasche und setzte sie an die Schläfe. „Papa, Papa!" klang Susis Stimme durch den Nebel.

Erschrocken sah er sich um und warf die Pistole in den See.

„Ja, mein Engel, Papa ist hier, ich komme!" rief er.

So schnell er konnte, rannte er nachhause. Er hob seine kleine Tochter in die Höhe und drückte sie so fest an sich, dass sie fast keine Luft bekam.

„Papa, du bist so stark", sagte die Kleine und küsste ihn.

„Ja, mein Engel, Papa ist stark."

Verbotene Liebe

Zärtlich in die Nacht gehaucht:
meine Liebesschwüre.
Ich hab um dich geweint
aus sinnlichem Begehren.

Von Amors Pfeil bist du getroffen.
Dein Flüstern klingt in meinem Ohr,
so herrlich süße Worte.

Ich habe deine Seele berührt,
den Mangel dort gestillt,
erst Hoffen, dann Bangen.
Im Wege stehen uns Verbote,
du sagst, du brauchst noch Zeit.

Alles für die Katz

Frau Mayer wollte gerade die Balkontüre ihres Appartements schließen, denn im Speisesaal des Seniorenheimes wartete das Abendessen auf sie, da huschte ein kleines, dreifarbiges Kätzchen in ihr Zimmer.
Frau Mayer fuhr erschrocken zurück.
„Ja, sag einmal, wo kommst du denn her, wir sind doch im Hochparterre", sagte sie verwundert und blickte kopfschüttelnd auf den Balkon.

Obwohl sie schon spät dran war, kümmerte sie sich erst einmal um den Eindringling, der um ihre Füße herumstrich und miaute. „Ich habe leider kein Futter für dich, aber vielleicht hast du Durst?", meinte sie.

Sie stellte dem Kätzchen eine Schale mit Wasser hin, und es begann sofort zu trinken. Jetzt war guter Rat teuer. Haustiere waren nicht erlaubt, sie konnte das Kätzchen also nicht hier lassen, während sie zum Abendessen ging.

„Ich lasse einfach die Balkontüre einen Spalt offen, vielleicht verschwindet es, wie es gekommen ist", überlegte sie. Und ging in den Speisesaal.

Während des Essens waren ihre Gedanken aber nur bei dem Kätzchen.

„Was ist denn heute mit Ihnen los, Sie sind so zerstreut?", meinte einer ihrer Tischnachbarn.

„Mir geht es nicht besonders gut, ich verschwinde auch gleich wieder auf mein Zimmer", antwortete sie ausweichend.

Als sie dorthin zurückkam, war das Kätzchen weg. Es ließ ihr keine Ruhe – wie könnte das Tier zu ihr nach oben gekommen sein? Als sie auf den Balkon trat und in den Garten hinunter schaute, sah sie sofort, wie das möglich war.

„So ein raffiniertes Biest!"

Frau Mayer musste lachen. Da sie gestern den ganzen Tag unterwegs gewesen war, hatte sie nicht mitbekommen, dass Arbeiter begonnen hatten, Material für die schon lange angekündigte Fassadendämmung entlang der Hauswand im Garten zu lagern, und die Stapel reichten bis knapp unter ihren Balkon. So war es für das Kätzchen kein Problem gewesen, mit einem kleinen Sprung auf ihren Balkon zu gelangen.

„Die Stapel werden noch länger da stehen", überlegte sie. Sie kannte das Tempo, mit dem Arbeiten im Heim durchgeführt wurden, nur zu gut. „Da werde ich vorsorglich ein paar Dosen Katzenfutter kaufen, sollte die Kleine wiederkommen. Sicher ist sicher."

Sie sollte recht behalten. Am nächsten Abend schöpfte sie etwas Katzenfutter auf einen Teller und füllte die Schale mit Wasser. Die Balkontüre ließ sie wieder einen Spalt offen. Tatsächlich, als sie vom Abendessen zurückkam, war das Kätzchen wieder da gewesen. Das Spiel ging eine ganze Woche so. Dann wurden die Arbeiten doch intensiver, und eines Tages war der Stapel Dämmmaterial unter dem Balkon weg.

Frau Mayer war einerseits froh über den Fortschritt der Arbeiten, weil es bedeutete, dass der Staub und Lärm in absehbarer Zeit ein Ende haben würden. Andererseits war sie beunruhigt wegen des Kätzchens.

Bevor sie zum Abendessen ging, blickte sie noch einmal in den Garten. Da stand das dreifarbige kleine Fellbündel, sah zu ihr hoch und raunzte fürchterlich.

„Ach Gott, du kleiner Wurm, was mache ich mit dir?", fragte sie sich. Sie warf schnell ein paar Brocken Futter hinunter, in der Hoffnung, dass niemand sie dabei beobachtete, und ging dann zum Essen.

„Da muss mir etwas einfallen, so geht das nicht weiter."

Adoptieren konnte sie das Kätzchen auf keinen Fall. Doch früher war Frau Mayer sehr viel in der Welt unterwegs gewesen und erinnerte sich, dass beispielsweise die

Hausfrauen in den engen Gassen Neapels immer, wenn der Eiermann kam, einen Korb vom Fenster hinunter ließen, in den sie das Geld für die Eier hineingelegt hatten.

„Das ist die Idee", sagte sie und lachte. Sie besorgte sich eine feste, aber nicht zu dicke Schnur, um ihren Einkaufskorb daran befestigen zu können.

Am nächsten Abend war die Premiere. Frau Mayer stellte eine kleine Schale mit Futter in den Korb und ließ ihn vorsichtig hinunter. Das Ende der Schnur hatte sie am Balkongeländer befestigt.

Als sie zurückkam und den Korb hochzog, war die Schale leer. Sie hatte gerade noch sehen können, wie das Kätzchen davonhuschte. „Das hat ja super geklappt", freute sie sich. Einige Tage praktizierten die beiden diese gut funktionierende Fütterung. Bis eines Abends, da staunte Frau Mayer nicht schlecht, hatte doch neben der Futterschale die Katze in dem Korb Platz genommen.

„Na, du bist mir vielleicht eine", lachte sie und zog den Korb hoch.

Die kleine Katze zeigte keinerlei Scheu, ließ sich streicheln und schnurrte dabei genüsslich. Nach einiger Zeit des Schmusens sagte Frau Mayer schmunzelnd: „Jetzt ist aber Schluss, wir müssen beide schlafen gehen." Sie setzte das Kätzchen in den Korb und ließ ihn vorsichtig wieder hinunter.

Kaum war der Korb am Boden angekommen, huschte das Kätzchen davon. Von diesem Zeitpunkt an fand die Fütterung im Zimmer von Frau Mayer statt.

Sie schaute immer in alle Richtungen, bevor sie den Korb hinunterließ oder hochzog. Sie hatte Angst, jemand könnte davon etwas mitbekommen. Das hätte nur Ärger gegeben.

Es waren zwei Wochen vergangen, da kam ein Brief von der Heimverwaltung:

„Auf vielfachen Wunsch unserer Bewohner haben wir uns entschlossen, kleine Haustiere wie Katzen, Vögel oder kleinere Hunde zu erlauben. Wer davon Gebrauch machen möchte, wird gebeten, sich mit uns in Verbindung zu setzen. Eine endgültige Erlaubnis kann erst erteilt werden, wenn das Haustier besichtigt und von unserem Tierarzt untersucht wurde. Die Heimverwaltung."

So fand eine Liebe, die an einem Faden hing, doch noch ein Happy End.

Love me tender …

Es ist ein wunderschöner, warmer Frühsommertagtag, der einlädt, das Haus zu verlassen, um die Natur zu genießen. Es ist daher auch einiges los auf den Straßen. Eine Ampel steht auf Rot. Ein weißes Cabriolet mit offenem Verdeck hält an. „Love me tender, love me sweet …", tönt es aus dem Autoradio.
Der Fahrer summt die Melodie leise mit. „Love me tender, love me sweet …" Die Rotphase der Ampel dauert länger, da noch eine Lokalbahn die Straße quert.
Zur selben Zeit ist eine junge Frau in ihrer Wohnung im 2. Stock des Hauses, das direkt an der Kreuzung steht, dabei, sich anzuziehen. Als das Handy klingelt, legt sie

ihren BH auf die Fensterbank, um den Anruf anzunehmen. Doch ein plötzlicher Windstoß erfasst das gute Stück, schon schwebt es davon wie ein Luftballon. Entsetzt schaut die Besitzerin ihm nach und denkt nicht daran, dass sie sich jetzt mit nacktem Oberkörper aus dem Fenster lehnt.

Er schaut, gelangweilt von der Wartezeit, in der Gegend herum, da sieht er ein rotes, kleines Etwas herabschweben, das, schwupps, auf seinem Beifahrersitz landet.

Sie sieht den BH in das Auto fallen, er schaut nach oben, da steht eine junge Frau, oben ohne, am offenen Fenster. Ihre Blicke treffen sich.

Sie gestikuliert wild, um ihm zu zeigen, dass das ihr BH ist.

Er hält ihn hoch wie eine Trophäe, zeigt ihr durch Kopfnicken, dass er verstanden hat, und grinst.

Hinter ihm beginnt ein Hupkonzert, da bereits Grün ist. Schnell deutet er ihr: Ich drehe eine Runde und komme zum Haustor. Sie nickt, erleichtert, dass er sie verstanden hat.

Als er beim Haustor hält, steht sie schon da. „Was für eine hübsche junge Frau", denkt er.

„Nicht übel, der Junge", findet sie.

Er steigt aus und nimmt den BH vom Beifahrersitz. „Da ist ja der Ausreißer", sagt sie und lacht.

Er schwenkt ihn hin und her, „Und was bekomme ich dafür?" Sie schmunzelt.

„Vielleicht einen Kaffee?"

„OK", sagt er, „Aber wo wir ihn trinken, bestimme ich."

Die kleine Stadt liegt inmitten von Hügeln und Wäldern. Auf einem dieser Hügel befindet sich eine bekannte Aussichtswarte mit einem sehr guten Kaffee-Restaurant. Er schlägt vor, den Kaffee dort zu trinken. Sie ist einverstanden.

„Fahren wir", sagt sie und schwingt sich auf den Beifahrersitz.

„Na, dann", sagt er, nimmt ebenfalls Platz und startet.

Nach kurzer Zeit erreichen sie die kurvenreiche Straße, die durch einen Wald zur Warte hinaufführt. Sie blickt immer wieder kurz zu ihm hinüber. „Wie der aussieht, hat er bestimmt eine Freundin, wenn nicht sogar Frau und Kinder", denkt sie.

„Wie schön!", sagt sie, drückt den Kopf etwas zurück in die Nackenstützen, schließt die Augen und genießt die Fahrt. „Ob sie wohl Single ist?", fragt er sich. Er ist unsicher, spontane Dates sind eigentlich nicht sein Fall. „Bestimmt hat sie einen Freund."
Der Fahrtwind wirbelt ihre Haare durcheinander. „Wenn ich gewusst hätte, dass ich heute noch Cabrio fahre, hätte ich mir ein Kopftuch genommen", sagt sie und lacht. „Wäre aber schade. Ich liebe es, wenn der Fahrtwind bei Frauen die Haare durcheinanderwirbelt."
„Macht er wohl öfter, solche Spritztouren", schießt es ihr durch den Kopf. „Aber charmant", gibt sie zu.
Schließlich erreichen sie den Parkplatz vor dem Restaurant. Schon vom Auto aus sehen sie die große Tafel vor dem Aufgang

zur Warte: „Die Aussichtswarte und das Restaurant sind wegen Umbauarbeiten auf unbestimmte Zeit geschlossen."

„Das erklärt, warum der Parkplatz leer ist", meint er. „Ja, scheinbar wissen es alle, nur wir zwei nicht", lacht sie.

Sie sehen einander an, langsam neigt er sich zu ihr und legt seine Hand auf ihr Knie. „Nein! Komm, lass uns ein paar Schritte gehen." Sie steigen aus. Ein schmaler Weg führt vom Parkplatz in den Wald. Es ist still, nur in der Ferne ruft ein Kuckuck. Irgendwo in der Nähe klopft ein Specht. Schweigend gehen sie nebeneinander, da bleibt sie plötzlich stehen. Er geht noch zwei Schritte weiter, dreht sich um.

Sie lehnt an einem Baum, ein Knie hochgezogen, und stützt den Fuß am Stamm ab, sie presst ihre Hände hinten an den Baum, hat die Augen geschlossen.

Sein Pulsschlag wird schneller, er beginnt schwer zu atmen.

Er geht zu ihr, kein Zweifel, dass sie ihn erwartet, schiebt mit einem Ruck ihr T-Shirt hoch und greift nach ihren Brüsten.

„Ja", haucht sie.

Seine Lippen suchen die ihren. Langsam gleiten seine Hände nach unten und schieben ihren Rock hoch. Rhythmisch bewegt sie fordernd ihren Körper, was ihn immer mehr erregt. Sie krallt ihre Fingernägel in die Rinde des Baumes.

Keuchender Atem …

Stille.

Nur der Kuckuck ruft, und irgendwo klopft ein Specht.

Hand in Hand gehen sie zurück zum Auto.

„Es ist kühler geworden, soll ich das Verdeck schließen?", fragt er, bevor sie einsteigen. „Nein, nein, geht schon", meint sie und kauert sich auf ihren Sitz.
Langsam fährt er die Serpentinen durch den Wald hinunter.
„Ich bin zwar kein Kind von Traurigkeit, aber so spontan ...", wundert sie sich über sich selbst. Ein Lächeln huscht über ihr Gesicht.
Immer wieder geht sein Blick zu ihr: „Was war denn das, so etwas habe ich noch nie erlebt." Und er denkt, „Engelsgleich sieht sie aus, wenn sie lächelt und der Fahrtwind mit ihren Haaren spielt."

Er hält vor ihrem Haustor. Lange sehen sie einander in die Augen. „Darf ich dich anrufen?", unterbricht er das Schweigen. Sie antwortet ihm nicht, legt einen Finger auf seinen Mund und gibt ihm einen Kuss auf die Wange, steigt aus und geht zum Haustor – nur kurz dreht sie sich um.

Da fällt ihm etwas ein, er greift hinter ihren Sitz, wohin sie den BH geworfen hat, und hält ihn hoch. „Dein …", weiter kommt er nicht, sie ist schon im Haus verschwunden. Für einen Augenblick sitzt er still da, dann startet er den Wagen.

„Love me tender, love me true, all my dreams fulfilled …", klingt es aus dem Autoradio. „Es ist verrückt, schon wieder Elvis", sagt er. Und singt mit: "Love me tender, love me true …" Schüttelt den Kopf und gibt Gas.

Im Einkaufszentrum

Es war einer jener Einkaufstage, an denen es schien, als sei die halbe Stadt auf den Beinen. Im Einkaufszentrum war es angenehm kühl.

Ein älterer Herr, schätzungsweise 70, etwas müde von der Wärme draußen, stützte sich auf seinen Gehstock und sagte zu seiner Frau: „Geh du doch einkaufen, ich genehmige mir inzwischen einen Kaffee." „Ja, ist gut, ich beeile mich. Heute brauche ich ohnehin nicht viel", meinte sie und ging voraus Richtung Supermarkt.

Der Mann suchte einen freien Tisch, doch die diversen Cafés und Imbisslokale waren ziemlich gut besucht. Vis-a-vis vom Supermarkt fand er doch noch einen Tisch und bestellte eine Melange. Von seinem Platz aus hatte er sogar den Ausgang des Marktes im Blick.

Nach einigen Minuten nahm eine junge Mutter, vielleicht 25 bis 30 Jahre alt, mit zwei Kindern am Nebentisch Platz, der gerade frei geworden war. Eines davon war ein kleiner Junge im Kinderwagen, das andere, ein etwas älteres Mädchen, führte sie an der Hand. Der Kleine im Kinderwagen schrie unaufhörlich, die Größere bettelte: „Ich will einen Kakao, ich will einen Kakao!"

Die Mutter befriedigte zuerst einmal ihre eigenen Bedürfnisse, ohne die Kinder weiter zu beachten. Sie zündete sich in aller

Ruhe eine Zigarette an. Bei der Bedienung, die inzwischen am Tisch stand, bestellte sie einen großen schwarzen Kaffee und Kakao für das Mädchen. Dieses forderte weiter ihren Kakao, der Junge schrie. „Jetzt gib endlich Ruhe, du bekommst ja gleich deinen Kakao", herrschte sie wütend das Mädchen an. Zu dem Kleinen im Kinderwagen sagte sie unwirsch: „Ja, ich hol dir schon etwas", stand auf und ging zu einem Automaten im Lokal, der mit Getränkedosen bestückt war.

Sie kam mit einer Dose, deren Inhalt für Kinder gänzlich ungeeignet war, zurück. Der alte Mann beobachtete sie, befremdet: „Die wird doch dem Kleinen nicht …"

Doch, die Frau gab dem kleinen Jungen im Kinderwagen die Dose mit dem isotonischen Geschlabber in die Hand und steckte einen Strohhalm hinein.

Das Kind begann sofort zu trinken und beruhigte sich. Die Serviererin brachte die Getränke. Das Mädchen nahm die Schale mit dem heißen Kakao in beide Hände und schrie auf: „Die ist ja heiß", und ließ sie fallen. Die Kellnerin eilte gleich um ein Tuch, damit sie das Malheur beheben konnte. Als sie den Tisch abwischte, begann das Kind zu weinen. Die Kellnerin tröstete die Kleine: "Das macht doch nichts!"

„Nein, die ist zu blöd zum Trinken, soll sie eben aufpassen", sagte die Mutter in einem giftigen Ton. Darauf begann die Kleine noch mehr zu weinen und sah schluchzend hinüber zum alten Herrn.

Die Serviererin seufzte und sagte beim Weggehen zu dem Mädchen: „Ich bringe dir gleich einen neuen Kakao!"

Die Gäste an den Nebentischen, die die Szene mitbekommen hatten, schüttelten den Kopf.

Dem alten Mann reichte es jetzt, er konnte das nicht länger mit ansehen.

„Junge Frau, ich glaube, Sie sind etwas überfordert", sagt er zu ihr.

„He, Alter, das geht dich einen Dreck an, kümmere dich um deinen eigenen Scheiß!" Der alte Mann wollte die Situation nicht weiter eskalieren lassen, biss sich auf die Lippen und ersparte sich eine Antwort. Die Kellnerin brachte den neuen Kakao für das Mädchen. „So, mein Schatz", sagte sie zu der Kleinen tröstend. Ohne ein Wort des Dankes sagte die junge Frau: „Zahlen!" Nachdem sie die Rechnung beglichen hatte, stand sie auf und sagte zum Mädchen: „Los, wir gehen!" – „Mama, ich hab doch noch den Kakao", antwortete die Kleine schüchtern. „Hättest du eben beim ersten besser aufgepasst, jetzt haben wir keine Zeit mehr", sagte sie und schob den Kinderwagen Richtung Ausgang.

Der alte Mann schaute ihr wütend nach und hätte ihr gerne etwas Passendes nachgerufen, aber den Kindern zuliebe wollte er nicht noch mehr Öl ins Feuer gießen und die üble Laune der Mutter noch schlimmer machen. Er winkte der Kleinen zu, als diese sich vor dem Hinausgehen kurz zu ihm umdrehte. Da riss sie sich von der Hand ihrer Mutter los und kam zu ihm zurück. Sie schaute ihn mit großen Augen an, meinte: „Die Oma schimpft auch immer mit der Mama – wegen dem Rauchen", und eilte zurück zu ihrer Mutter.

Die Lösung

Ilse blickte kurz zu ihrem Ehemann neben sich, ihrem Göttergatten, der schlief wie ein Murmeltier. Sie konnte nicht schlafen.

Seit Stunden wälzte sie sich im Bett von einer Seite auf die andere. Zu sehr war sie noch aufgewühlt von ihrem Gespräch am Abend zuvor. Immer wieder die gleichen Debatten. Immer dasselbe Ergebnis.
 Ilse wollte endlich ein Kind, langsam begann die Uhr des Alters zu ticken, aber ihr Mann meinte immer: „Wozu denn jetzt noch ein Kind, endlich sind wir beide beruflich dort angekommen, wo wir hinwollten. Das Haus ist auch fertig, jetzt können wir das Leben genießen."

Ilse stand auf. Sie ging zum Fenster und blickte hinaus. Draußen regnete es und der Wind zerrte an der Beleuchtung, die über die Straße gespannt war. Wie die Lampe über der Straße sich hin- und her bewegte und einmal die eine, dann die andere Seite beleuchtete, so bewegten sich auch ihre Gedanken.

Immer wieder wog sie das Für und Wider ab. „Er hat ja recht, aber ..."

Sie liebte ihren Mann und wollte keinesfalls ihre Ehe und das gemeinsam Geschaffene aufs Spiel setzen. Auch ihr Arzt meinte, eine Schwangerschaft sei ein Risiko, bei ihr und in ihrem Alter. Trotzdem, sie konnte und wollte ihren Wunsch und Mutterinstinkt nicht so einfach beiseite schieben.

Nach einiger Zeit, der Wind hatte sich gelegt und der Regen aufgehört, schwankte die Lampe über der Straße nicht mehr hin und her. Ruhig strahlte das Licht auf die Straße .Auch Ilses Gedanken hatten sich beruhigt. Ihr Entschluss stand fest.

Sie legte sich wieder ins Bett und gab ihrem schlafenden Mann einen flüchtigen Kuss auf die Wange.
„Morgen gehe ich ins Tierheim und hole mir eine Katze."

Der Brief

Es ist spät geworden, weit nach Mitternacht, zeigt ihm ein Blick auf die Uhr.
Seit Stunden sitzt er hier, den Kopf auf beide Hände gestützt, und starrt auf das leere weiße Blatt Papier vor sich auf dem Schreibtisch. Das Licht der Schreibtischlampe lässt die kleine Fläche riesig wie eine Hauswand erscheinen.

„Meine Geliebte …", beginnt er zum tausendsten Mal und zerknüllt das Blatt gleich wieder und wirft es zu den anderen in den Papierkorb, der langsam überquillt.
„An dich …", versucht er es erneut. Sein Bemühen ist zwecklos, es fällt ihm nichts ein. Bis auf diese zwei Wörter, hingekritzelt,

bleibt das Blatt wieder leer.

Viele Jahre gemeinsamer Erlebnisse, viele Reisen, Konzerte, nächtelanges Diskutieren, gemeinsames Planen, Lachen und Weinen eben, schöne Jahre der Zweisamkeit. Über all das möchte er ihr schreiben, sie erinnern, doch es formen sich keine Worte aus dem, was er davon in seinem Inneren noch immer sieht, hört, tut und fühlt.

„Es geht nicht mehr. Ich habe mich verliebt, hast du damals gesagt.

Was habe ich getan? Was hat der andere, was ich nicht habe?

Ich hoffe, wir bleiben Freunde, meintest du zum Abschied."

Ihre Worte schmerzen, lähmen seinen Verstand – der blanke Hohn.

Das Smartphone macht sich bemerkbar,

eine WhatsApp-Nachricht von ihr.

„Hi, bin gut in Spanien angekommen, melde mich wieder."

Warum quält sie mich so?

„Bin gut in Spanien angekommen", äfft er sie nach. Warum nicht in der Hölle?

„Geh doch zu deinem Latin Lover!", schreit er laut.

Er holt einen Hammer und zertrümmert das Smartphone.

„Geschafft!", sagte Henry und klappte sein Notebook zu.

Leise kam Ilse ins Zimmer: „Liebling, komm endlich ins Bett, es ist schon spät!"

„Ja, ich habe eben das letzte Kapitel fertig geschrieben", sagte er, stand auf und folgte seiner Frau.

Die Warnung

Idyllisch liegt er da, der Teich mit dem kleinen Bootshaus, umgeben von dichtem Wald.
Langsam bricht die Nacht herein. Drinnen hängt ohne Lampenschirm, nur in einer Fassung, eine Glühbirne an einem Kabel von der Decke. Das Licht verliert sich im Raum. Draußen bahnt sich ein Gewitter an.

Das Fenster ist offen, der aufkommende Sturm lässt die Lampe hin- und herschwingen wie ein Pendel.
Er liegt im Bett auf dem Rücken und starrt auf das Licht. Die Balken und Bretter des Holzhauses knarren und poltern, das Wasser schwappt gegen die Bohlen. Plötzlich

erlischt die Lampe.

Ein Windstoß reißt die Türe auf, der Vollmond fällt durch die jagenden Wolken. Schemenhaft steht sie in der Türe, das fahle Licht zeichnet ihren Umriss, ihr Kleid, ihre Haare triefend nass.

Das Messer riesig in der kleinen Hand. Die Klinge blitzt im Mondschein.

Sie eilt auf ihn zu, beugt sich über ihn, grinst höhnisch, sticht zu.

Er fühlt, wie das Metall durch seine Brust schneidet. Sie lacht hysterisch, dreht sich um und verschwindet.

Er spürt, wie warmes Blut aus der Wunde rinnt, aber er fühlt keinen Schmerz, nur Entsetzen.

„Du?", keucht er.

Mühsam quält er sich aus dem Bett, folgt den Spuren, die ihre nassen Füße auf dem

Fußboden hinterlassen haben.

Der Wind treibt hoch oben die Wolken über den Himmel und peitscht am Teich die Wellen. Ihre Spuren führen zum Boot, das am Steg angebunden ist und von den Wellen hin- und hergeworfen wird. Weit und breit nichts von ihr zu sehen. Er steigt in das Boot und rudert mit letzter Kraft zur Mitte des Teiches. Das Mondlicht leuchtet durch die schnell ziehenden Wolken, einmal ist die Szene hell, dann wieder Dunkelheit. Das Boot schwankt, nur mit Mühe gelingt es ihm, das Gleichgewicht zu halten, als er sich über die Bordwand lehnt.

Wo ist sie? Er sucht nach einem Anhaltspunkt. „Hier war es doch", schreit er.
Seine Augen suchen vergeblich, er weiß selbst nicht, wonach. „Es ist unmöglich, der

Stein, der am Sack hing, war doch schwer", will er rufen. Doch seine Worte bleiben ihm im Hals stecken.

Ein greller Blitz machte den Raum taghell, brüllender Donner ließ ihn vibrieren. Schweißgebadet fuhr er im Bett hoch.
Sein Atem ging schwer.

Entsetzt blickte er zu seiner Frau hinüber.
Sie schlief friedlich neben ihm.
„Gott sei Dank!", sagte er erleichtert. „Was für ein Alptraum!"

Sollte doch ein Fluch auf dem Teich liegen? Alle hatten ihn gewarnt, als er ihn kaufte.

Der Fluch

Die folgenden Nächte waren von der Angst beherrscht, der Alptraum und die schreckliche Frau mit dem Messer könnten zurückkommen.

Im Dorf hatte man ihm vom Kauf abgeraten. Von einem Fluch war die Rede, vor 15 Jahren habe der Besitzer des Anwesens seine Frau umgebracht und im Teich versenkt, munkelte man. Alle männlichen Besitzer dieses Teichs würden vom Geist der Frau verfolgt werden, bis man sie finden und in geweihte Erde legen würde.
Als er überlegte, das Anwesen zu kaufen, hatte er die Besitzerin darauf angesprochen. Sie hatte nur gelacht.

„Die Dorfheinis wollen nur nicht, dass sich ein Auswärtiger bei ihnen einnistet", sagte sie. „Und abergläubisch sind die sowieso!"

Sie erzählte, die Frau des ursprünglichen Besitzers sei eines Tages nach einem Besuch bei ihrer Mutter im Nachbarort nicht mehr heimgekommen. Ihr Mann habe nach ihr gesucht, aber sie blieb verschwunden. „Er hat erst nach zwei Tagen eine Abgängigkeitsanzeige bei der Polizei gemacht. Zwei Monate später fand ihn der Sohn tot am Ufer des Teiches. Laut ärztlichen Befunds war es ein Herzinfarkt."
Ihr Mann habe das Anwesen damals dem Sohn billig abgekauft. Niemand sonst wollte es haben, erklärte sie. Ein mysteriöses Detail aus den Erzählungen der Dorfbewohner brachte er noch zur Sprache, das ihn be-

sonders irritierte. „Da ist noch die Geschichte mit dem Zettel, den der To in der Hand gehalten haben soll. Angeblich mit einem Fluch."

Die Frau seufzte. „Diesen Zettel hat es vermutlich nie gegeben, der ist der Phantasie der Leute entsprungen. Besonders nach ein paar Bierchen erfinden sie gerne etwas dazu", sagte sie. „Aber bald nach dem Verschwinden seiner Frau bekam er hässliche anonyme Briefe, die ihn als Mörder seiner Frau anklagten. Stellen Sie sich das vor, er beschuldigte sogar seinen Sohn, der Absender zu sein!"

Damals hatte er sich mit den Erklärungen der Frau zufrieden gegeben. Er selbst glaubte ja auch nicht alles, was an Stammtischen erzählt wurde. Außerdem war die

Sache entschieden, seine Frau wollte das Anwesen unbedingt haben, gerade wegen des Teichs.

Doch nun, selbst eine Woche danach, beherrschte ihn der entsetzliche Traum noch immer derart, dass er sich entschloss, die Vorbesitzerin anzurufen und sie zum Tod ihres Mannes zu befragen. Die Parallelen erschienen ihm überdeutlich: zwei Männer waren irgendwie Opfer dieses Teiches geworden, nun war vielleicht er an der Reihe.

Das Gerede im Wirtshaus tat ein Übriges. Der Vorbesitzer habe einen blutverschmierten Dolch in der Hand gehalten, als man ihn fand. Er entschuldigte sich schon im Vorhinein, weil er vielleicht alte Wunden aufreißen würde, kam dann aber gleich zur Sache: „Ich muss Gewissheit haben, es lässt mir keine Ruhe. Das Messer in der Hand ihres Mannes, ist das wahr?"

Die Frau ließ sich mit der Antwort lange Zeit. Ihre Stimme klang heiser, als sie sagte: „Natürlich hielt er ein Messer in der Hand. Er wollte vom Ufer ein paar Schilfrohrkolben abschneiden. Ich wollte das nicht. Wenn er auf mich gehört hätte, könnte er noch leben."
„Er soll über Alpträume geklagt haben!"
„Das waren seine Probleme mit dem Herzen. Er schlief unruhig", antwortete sie widerwillig. „Daran ist nichts Mysteriöses. Diese Dorfdeppen sollen endlich ihr Maul halten!", und legte unvermittelt auf.
Nun, ganz befriedigte ihn diese Antwort nicht. Er entschloss sich, dem alten Gendarmen einen Besuch abzustatten, der in

beiden Fällen die Ermittlungen durchgeführt hatte. Der war Witwer, lebte allein und freute sich über jeden Besuch.

Nachdem sie einige Schnäpschen getrunken hatten, erinnerte er sich.
„In der geballten Faust des ersten Toten haben wir tatsächlich ein Stück abgerissenes Papier gefunden. Das stammte von einem Block, wie sie in den Gasthäusern verwendet werden, um die Rechnungen auszustellen. Der konnte also von überallher stammen. Es stand aber gar nichts drauf.

Wir haben bei ihm auch keine anonymen Briefe gefunden, hätten also gar nicht sagen können, ob das vielleicht der Rest von so einem Brief war. Die Frau gilt bis heute als vermisst. Wurde nie gefunden."

„Haben Sie überhaupt in meinem Teich gesucht?", fragte der Besucher aufgeregt. „Natürlich", sagte der Polizist würdevoll und ein wenig gekränkt.

„Die ganze Gegend wurde gründlich abgesucht und auch der Teich, sogar mit einem Taucher, ohne Erfolg."

„Und im zweiten Fall, wie war das mit dem Messer in der Hand des Toten?"

„Es stimmt", sagte der Polizist und zupfte ein wenig nervös an seinem Schnurrbart. „Es war auch Blut dran, aber das war sein eigenes. Er hatte sich beim Schilfschneiden geschnitten. Also, Sie sehen, nichts Mysteriöses", lachte er. „ich kenne die Gerüchte aus dem Dorfwirtshaus. Glauben Sie mir, diese Leute wollen Ihnen nur Angst einjagen."

Einigermaßen beruhigt ging er nachhause.

Ausgerechnet in dieser Nacht kam der gefürchtete Alptraum zurück.

Schweißgebadet fuhr er im Bett hoch, blickte neben sich und schrie entsetzt auf: „Nein!"

Das Bett seiner Frau war leer.

Er stürmte auf die Veranda und sah sie auf der Bank sitzen. Der Himmel verfinsterte sich zusehends, in der Ferne zuckten die ersten Blitze und man hörte das dumpfe Grollen des Donners.

„Gott sei Dank", sagte er erleichtert und umarmte sie. Sie sah ihn seltsam an und sagte kein Wort.

Dann riss sie ihren Mund auf, entblößte grauenhaft spitze Zähne, ein scharfes Messer blitzte in ihrer Hand.

„Hab ich dich endlich gefunden", kreischte sie, riss das Messer hoch und rammte es mit einem wilden Schrei dorthin, wo noch vor einem Sekundenbruchteil sein Gesicht gewesen war.

In seiner Panik hatte er sich gerade noch geduckt und taumelte an ihr vorbei. Der Himmel wurde schlagartig finster, ein Sturm fegte über den Teich und ein Wolkenbruch ging nieder. Mit ohrenbetäubendem Knall schlug ein Blitz ein.

Er rutschte aus stieß mit dem Kopf gegen etwas Hartes und verlor die Besinnung.

„Wach auf! Wach auf! Was ist mit dir?" Er kam zu sich und lag unter dem Vordach des Bootshauses. Neben ihm kniete seine Frau, zutiefst beunruhigt. „Ich bin vom Donner aufgewacht und du warst plötzlich nicht im Zimmer", keuchte sie.

„Du bist doch noch nie schlafgewandelt.

Kannst du aufstehen?"

Als sie am Morgen auf die Veranda traten, trauten sie ihren Augen nicht. Entsetzt schauten sie einander an. Die große alte Weide am Ufer, deren Wurzeln weit ins Wasser des Teichs reichten, war wie mit einem Beil in zwei Teile gespalten. Es roch nach verbranntem Holz.

„Den werden wir wohl fällen müssen", meinte er lakonisch.

„Ja, schade", meinte sie, „Aber wir können ja einen neuen pflanzen."

Sie gingen um den Teich herum und starrten auf die Hälfte des Baumes, die sich auf das Wasser gesenkt hatte. Da sahen sie plötzlich zwischen den zerborstenen Wurzeln etwas Dunkles.

Er fand einen Ast und zog das Ding zum Ufer. Es war ein von Schlamm und Algen bedeckter Plastiksack.

Ein Plastiksack. Wie in seinem Traum.

„Ich rühr das nicht an, da muss die Feuerwehr her", sagte er mit zitternder Stimme. Die Feuerwehr ließ sich Zeit. Er musste mehrmals anrufen, bis sich jemand dafür zuständig fühlte, einen alten Sack aus dem Teich zu fischen. Zwei dicke, gemütliche Männer in Uniform rückten schließlich an und hoben den Sack mit einem Netz aus dem Wasser.

Nachdem einer der Männer den Inhalt näher begutachtet hatte, musste er sich ins Gebüsch übergeben, und der andere sprach plötzlich sehr schnell und aufgeregt ins Telefon. Als die Mannschaften der Polizei und der Feuerwehr am späten Nachmittag wieder abgezogen waren, war um den ganzen Teich ein Absperrband gespannt. Doch da waren er und seine Frau schon längst mit leichenblassen Gesichtern auf dem Weg nachhause.

Nachdem die polizeilichen und gerichtsmedizinischen Untersuchungen der menschlichen Überreste im Sack abgeschlossen waren, stand eindeutig fest, dass es sich um die vermisste Frau des damaligen Besitzers handelte. Der Sohn wurde von den Behörden davon in Kenntnis gesetzt.

Es dauerte lange, bis sie sich entschließen konnten, zu ihrem Anwesen mit dem Teich zurückzukehren. Nachdem sie die Weide gefällt und eine Eibe gepflanzt hatten, kamen sie mehr und mehr zur Ruhe.

Die Nächte im Bootshaus wurden durch keine Alpträume mehr gestört.

Der Jahrestag

Jedes Jahr ihrer über 30-jährigen Ehe pflegten Susanne und Oscar den Tag, an dem sie einander zum ersten Mal gesehen hatten, auf ganz besondere Art zu feiern.
Er sagte immer lachend: „Das ist unser eigentlicher Hochzeitstag!"
Jedes Jahr bestellte er schon Wochen vorher im „Storchen", dem teuersten Hotel der Stadt, dieselbe Suite für eine Nacht mit einem „Candlelight Dinner".
Bei einem Empfang in diesem Hotel waren sie einander vor 35 Jahren das erste Mal begegnet.
Auch diesmal sollte es so sein. Wie immer war der Tisch festlich gedeckt, die roten Rosen in der Vase dufteten, die Kerzen

brannten und verströmten ihr warmes Licht. Nach dem Essen ließ Susanne eine Flasche Châteauneuf-du-Pape öffnen, Oscars Lieblingswein.

Es gehörte zur Tradition, das Dinner mit dem berühmten Rhônewein und einem besinnlichen, manchmal auch wehmütigen Rückblick auf das vergangene Jahr ausklingen zu lassen.

Der Maître d'hôtel brachte die Flasche wie immer persönlich. Schon beim ersten gemeinsamen Abendessen der beiden hatte er das Restaurant geleitet und war über die Jahre wie ein Freund geworden.
Er hatte schon überprüft, ob die Flasche in Ordnung war, denn er wusste, dass Susanne dieses Ritual nie selbst durchführte.

Er goss den funkelnden Wein in das fein geschwungene Glas und trat einen Schritt zur Seite.

„Ich wünsche Ihnen eine angenehme Nachtruhe, gnädige Frau", sagte er und überließ Susanne in der Suite ihren Gedanken.

Das Geständnis

Monika kam an diesem Mittwoch etwas später aus dem Büro und verpasste den Bus, den sie üblicherweise nahm. So kam sie erst eine Stunde später als sonst bei ihrer Haltestelle zuhause an.
Der Herbstabend war kühl und nebelig. Monika hüllte sich fester in ihre Jacke und trachtete, so rasch wie möglich den Weg von der Bushaltestelle zu ihrem Haus hinter sich zu bringen. Da sie ohnehin schon spät dran war, entschloss sie sich, die Abkürzung durch den kleinen Park zu nehmen, der an ihre Siedlung grenzte.

Der Weg war zwar gut beleuchtet, doch der Nebel schluckte einiges vom Laternenlicht, sodass die Situation Monika ziemlich gespenstisch erschien. Wie eine graue Decke hing der Nebel um sie herum. Auf halbem Weg kam ihr plötzlich in den Sinn, was ihr ihre Freundin Helga vor kurzem erzählt hatte, die am anderen Ende der Siedlung wohnte. Hier im Park seien in letzter Zeit zwei Frauen sexuell belästigt worden, beide Male an einem Mittwoch.

Immer schneller wurden ihre Schritte. Sie blickte sie sich ängstlich um und glaubte plötzlich dort ein Knacken, da ein Knistern zu hören, immer wieder leise streichenden Wind. Keuchte da etwa jemand?
Einmal vermeinte sie deutlich Schritte hinter sich. Sie war froh, endlich, wenn auch schemenhaft, das Haus zu sehen. Als sie näher kam, bemerkte sie, dass Licht in ihrer

Wohnung brannte. Norbert, ihr Mann, war vermutlich schon zuhause.

Er war zwar in letzter Zeit am Mittwoch, weil er da Überstunden machte, immer erst fast zwei Stunden nach ihr heimgekommen.

Aber heute war sie ja später dran und fand nichts dabei. Als sie die Wohnungstüre öffnete, rief er schon aus dem Wohnzimmer: „Da bist du ja endlich! Ich hab mir schon Sorgen gemacht!"

„Ja, ich habe den Bus versäumt, tut mir leid", sagte sie und zog ihre vom Nebel feuchte Jacke aus, um sie aufzuhängen. Dabei streifte ihre Hand an den Mantel von Norbert, und sie spürte, dass dieser ebenfalls feucht war.

„Seltsam", dachte sie, war er doch heute mit dem Auto unterwegs gewesen und fuhr damit normalerweise gleich in die Garage, von der aus man direkten Zugang zum Stiegenhaus hatte.

„Ich habe schon das Abendessen vorbereitet", unterbrach Norbert ihre Gedanken. Er war schon dabei, den Tisch zu decken. „Ich mache mich nur noch ein wenig frisch", sagte Monika und ging ins Badezimmer.

Die Frage, warum sein Mantel feucht war, ging ihr nicht aus dem Kopf. Während des Essens sah sie ihn immer wieder prüfend an. Er schien ihr etwas unkonzentriert zu sein.

Sie musste ihn direkt darauf ansprechen, es ließ ihr keine Ruhe.

„Warst du am Abend noch draußen?", fragte sie, „Weil dein Mantel noch feucht ist."
„Wie? Was?", antwortete er zerstreut. Dann schien er sich zu erinnern. „Ach so – weil du noch nicht da warst, als ich nachhause kam. Ich bin zu Fuß zur Bushaltestelle gegangen, um zu sehen, wo du bleibst."

Das sagte er in einem Ton, der Monika zweifeln ließ, ob es die Wahrheit war.
„Du hättest mich ja anrufen können."
„Ist mir nicht eingefallen. Und schaltest du dein Handy nicht im Bus immer aus?", druckste er herum.
Das machte Monika noch unsicherer. Noch nie hatte sie das Handy im Bus ausgeschaltet, das wusste er doch.
„Ich habe die Abkürzung durch den Park genommen", sagte sie.

„Was! Bei dem Nebel und auch noch an einem Mittwoch, du weißt doch, was da erst letzte Woche passiert ist", sagte er entsetzt.

Monika spürte ihre innere Unruhe wachsen, ihr Herz begann schneller zu schlagen. Woher wusste er, dass diese Überfälle an einem Mittwoch stattgefunden hatten? Das war in keiner Zeitung gestanden, und sie selbst hatte davon ja nur von ihrer Freundin erfahren, die Verbindungen zur Polizei hatte.

„Los jetzt, Norbert! Ich will die Wahrheit wissen, irgendetwas stimmt hier nicht", forderte sie ihn unwirsch auf.

Norbert fühlte sich überrumpelt. Er konnte sich die Aufregung seiner Frau nicht erklären.

„Komm, setzen wir uns auf die Couch, dann muss ich es dir eben sagen."

Monika begannen die Knie zu schlottern. Sie nahm Platz und schaute Norbert argwöhnisch an. Doch der ging in aller Ruhe zur Bar und schenkte zwei Gläser Cognac ein. Monika zitterte, als hätte sie gerade in den Stromkreis gegriffen. Das Glas, das er ihr hinstellte, rührte sie nicht an.

„Liebling, ich weiß, wie sehr du den Tango Argentino liebst, und du beherrschst ihn ja auch perfekt", sagte er. „Aber ich war da bisher immer ein Handicap – du hast Helga beneidet, die gemeinsam mit ihrem Mann tanzen geht, während ich so ein Tanzmuffel bin."

Monika sah ihn ungläubig an. Was hatten die Belästigungen im Park mit ihrer Liebe zum Tango zu tun? Wollte Norbert sie zum

Narren halten?

Doch noch bevor Monika ihn auffordern konnte, beim Thema zu bleiben, fuhr Norbert fort: „Das wollte ich ändern, naja, und da habe ich eben ‚Überstunden' gemacht. Die letzten Mittwochabende war ich drüben bei Helga und ihrem Mann.

Wir haben einen Tanzlehrer engagiert, damit ich wenigstens einigermaßen mit dir mithalten kann. Es sollte eine Überraschung zu deinem Geburtstag werden, dass wir vier zum Tanzen gehen und ich dich mit meinen Tanzkünsten überrasche!"

Monika war sprachlos.

„Dann warst du auch heute Abend bei Helga", sagte sie nach einer Pause.

„Ja, das kurze Stück bin ich immer zu Fuß gegangen."

„Mein Gott, bin ich erleichtert, ich dachte schon, du hättest etwas mit den Geschichten im Park zu tun", sagte sie, küsste ihn und nahm einen langen Schluck aus dem Cognacglas.

Jetzt war Norbert verdattert und sah sie entgeistert an. Monika wusste, sie würden in dieser Nacht noch viel zu besprechen haben.

Die Welt der Erwachsenen

Es war an einem Wintertag des Jahres 1943. Ich musste, wie jeden Morgen, von dem Gutshof, auf dem wir wohnten, in die Schule. Das war schon Grund genug, diesen noch frischen Tag nicht sonderlich zu lieben, aber als ich durch das kleine Küchenfenster draußen die Schneemassen sah und mir bewusst wurde, dass ich jetzt fast eine dreiviertel Stunde lang durch diese „weiße Hölle" gehen sollte, sank meine Laune schnell auf den Nullpunkt.

Außerdem spürte ich seit einem Tag bei jedem Schritt einen Stich in der Leiste. Dazu fühlte ich mich, als hätte ich einen Stein im Magen. Mein Hirn suchte verzweifelt nach Gründen, nicht in die Schule gehen zu müs-

sen. Ich klagte, dass der Schnee schon zu hoch sei, der Weg zu weit und dass ich ohnehin nicht rechtzeitig ankommen würde und was mir an Ausreden sonst noch einfiel. Von den Schmerzen zu erzählen wäre mir wie ein Eingeständnis der Schwäche erschienen, aber ich probierte alles, um den Gang zur Schule mit den üblichen Mitteln abzuwenden. Aber vergebens, es half nichts. Was ich auch vorbrachte, immer wieder klangen mir die Worte meiner Mutter entgegen: „Wir mussten als Kinder auch jeden Tag in die Schule gehen, und unser Weg war noch weiter. Wir hatten nur Holzschuhe an den Füßen und oft nicht einmal einen Mantel!"
Obwohl ich die eigentliche Ursache meiner Unlust, an diesem Tag zur Schule zu gehen, verschwieg, hatte ich insgeheim erwartet,

dass meine Mutter, die ja sonst Röntgenaugen zu haben schien, meinen Zustand erkennen und auf meine Wünsche eingehen würde. Doch darauf hoffte ich vergebens – niemand bedauerte mich, sagte, dass ich schlecht aussähe, niemand fragte, was denn mit mir los sei – nichts.
Ich stand ratlos vor der simplen Gedankenwelt der Erwachsenen und fand keinen Zugang.

So litt ich still vor mich hin, ärgerte mich über die Nichtbeachtung seitens meiner sonst so liebevollen Familie und verkroch mich in meinem Selbstmitleid. Und stapfte also los. Hin und wieder musste ich anhalten, weil das Stechen in der Leiste zu einem andauernden Brennen geworden war und ich meine Kräfte schwinden spürte.

Da der Schmerz und mein Groll meine ganze Aufmerksamkeit beanspruchten, folgte ich natürlich auch kaum dem Unterricht, was mir eine saftige Strafe einbrachte: Ich musste nachsitzen.

Mit großer Verspätung trat ich also noch unmutiger den Heimweg an. Ich hatte auch ein wenig Angst davor, ganz allein durch den Wald zu gehen. Von überall her hörte ich seltsame Geräusche, das Knacken von Ästen, das dumpfe Poltern von herabfallendem Schnee und Vogelstimmen, die ich nicht zuordnen konnte.

Ich begann laut zu singen und zu pfeifen und trachtete, schnell hinaus auf die Wiese zu kommen, wo ich mich wohler fühlte.

Die Kinder der Nachbarn, die ja bereits zur üblichen Zeit daheim waren, hatten natür-

lich gleich mit großer Schadenfreude meiner Mutter von meinem Nachsitzen erzählen müssen. Kaum war ich zur Türe hereingekommen, bekam ich eine gewaltige Standpauke zu hören.
Irgendwie schien sich an diesem Tag alles gegen mich verschworen zu haben.

Am Abend begann ich endlich über die immer stärker werdenden Schmerzen in der Leiste zu klagen. Nun wurde mein Gejammer natürlich als weitere Ausrede empfunden, um am nächsten Morgen doch nicht den Weg zur Schule antreten zu müssen. Ich ließ mich aber nicht mehr davon abbringen. Mittlerweile war es mir egal, ob ein Indianer den Schmerz kennt oder nicht. Zum Glück, wenn man so etwas überhaupt als Glück bezeichnen kann, konnte ich meinen Zustand beweisen, denn in meiner linken Leiste hatte sich eine große Beule gebildet, die höllisch schmerzte und mir inzwischen jeden Schritt zur Qual machte.

Verschämt zeigte ich meiner Mutter, was mich so plagte. Inzwischen war es finster geworden. Im Schein der Petroleumlampe konnte sie sehen, dass ich nicht simulierte und es mir wirklich schlecht ging. Jetzt war meine Mutter wieder die, die ich so liebte, fürsorglich und aufopfernd.

Kaum hatte sie das Ungetüm an meiner Leiste gesehen, sagte sie zum Opa, er solle ein paar Decken holen und mir auf der Bank ein Bett herrichten, in der Schlafkammer sei es zu kalt.

Und schon hatte sie den Mantel an und stürmte hinaus, um Hilfe zu holen.

„Ich gehe zum Verwalter", rief sie beim Hinauslaufen. Insgesamt lebten sechs Familien auf dem Gutshof, darunter die des Verwalters, der als einziger ein Telefon zum Kurbeln besaß, das mit dem etwa sechs Kilometer entfernten Schloss verbunden war, zu dem der Hof gehörte.

Auf diese Weise wurde eine „Rettungsaktion" für mich in die Wege geleitet. Nach dem Anruf des Verwalters im Schloss und der Verständigung eines Arztes konnten wir nur noch warten.

Der Morgen dämmerte schon herauf, als der Opa, der bereits im Hof das Werkzeug vorbereitete, um im Wald Bäume zu fällen, den Kopf zur Küchentüre hereinstreckte und sagte: „Der Doktor ist da!"

Der Arzt erschien mir wie ein uralter Mann mit einem weißen Vollbart, aber einem unendlich gütigen Gesicht. Er stand plötzlich in der Küche. Der Verwalter des Schlosses hatte ihn, trotz der widrigen Umstände, mit einem Pferdeschlitten hergebracht.

„Dann lass einmal anschauen", sagte er zu mir, und nach genauer Begutachtung meinte er: „Das müssen wir sofort operieren." Ich hatte ja keine Ahnung, was er damit meinte, aber die besorgten Mienen der Erwachsenen verhießen nichts Gutes.

Jetzt geschah alles wie im Traum. Der Küchentisch wurde rasch abgeräumt und ein weißes Leintuch darüber gebreitet.

„Ich brauche mehr Licht", meinte der Doktor ganz ruhig und schaute den Opa fragend an. Von den Nachbarn wurden also noch einige Petroleumlampen geholt, die die Küche im Vergleich zu vorher taghell erleuchteten.

„Da musst du dich aber ganz schön zusammengerissen haben, das hat sicher weh getan", meinte er.

Endlich verstand mich jemand und glaubte mir. Ob bewusst oder unbewusst, traf mein Blick meine Mutter, die gerade dabei war, im Herd Holz nachzulegen, und ich sah, dass sie weinte.

Mein Opa half, mich auf den Tisch zu legen, und der Doktor schaute mich mit seinen gütigen Augen an: „Jetzt wird es ein wenig kalt werden", und tatsächlich wurde die Stelle plötzlich eiskalt. Ich spürte kaum Schmerz, hauptsächlich Druck, als er daran zu hantieren begann.

Nach einer gefühlten Ewigkeit stachen mich noch drei Injektionsnadeln, anschließend gab es einen ordentlichen Verband. Ich wurde verschnürt wie ein kleines Paket. „So, das hätten wir", sagte der Doktor zufrieden und bat meine Mutter um eine Schüssel mit heißem Wasser, um sich die Hände waschen zu können.
„Ich komme in den nächsten Tagen ohnehin vorbei, da schaue ich wieder herein", verabschiedete er sich von mir. „Tapfer warst!" Und mit einem herzlichen „Grüß Gott!" an alle verließ er die Küche.

Die Heilung schritt rasch voran, und ich genoss die Fürsorge meiner Mutter.
Nach zwei Tagen packte mich allerdings die Lust, in der Schule den anderen von meinem Abenteuer zu erzählen und mich mit

meinem Heldenmut, den mir der Arzt bescheinigt hatte, zu brüsten.

Aber meine Mutter sagte: „Nichts da! Am Ende geht die Wunde noch auf. Der Weg ist zu weit und der Schnee viel zu hoch! Du bleibst schön zuhause!"

Das Missverständnis

Roman ging es nicht gut. Die 15 Stufen vom Vorzimmer die Treppe hinauf ins Schlafzimmer schaffte er nur noch mit Pausen. Seit einigen Wochen keuchte er bei der geringsten Tätigkeit wie eine alte Dampflok.

Helga, seine Frau, schimpfte, nicht zum ersten Mal. „Du gehst morgen zum Arzt", befahl sie, „Ich schau mir das nicht mehr länger an!", und er wusste, dass sie diesmal keinen Widerspruch dulden würde.
Gleich am nächsten Morgen rief sie bei einem Arzt an, der Internist und Kardiologe war.
„Ja, in zwei Wochen wäre noch ein Termin frei", sagte die Sprechstundenhilfe.

„Meinem Mann geht es aber jetzt nicht gut und nicht erst in zwei Wochen", beharrte Helga.

„Einen Moment bitte, ich frage den Herrn Doktor."

Nach zwei Minuten kam sie wieder ans Telefon. „Welche Beschwerden hat er denn?", fragte sie.

Helga schilderte Romans Zustand. Die Sprechstundenhilfe entschuldigte sich nochmals. Diesmal blieb sie noch länger aus, dann: „Können sie um 18 Uhr hier sein?"

„Vielen Dank!", antwortete Helga erleichtert.

„So! Jetzt hast du keine Ausreden mehr", sagte sie zu Roman.

„Was, heute schon?", maulte er.

Um 17 Uhr fuhr Roman widerwillig los.

„Ein bisschen leiser treten und etwas mehr an der frischen Luft spazieren gehen, dann wird das schon wieder", dachte er während der Fahrt. „Was anderes wird der Arzt mir auch nicht sagen."

Die Ordination des Internisten war im Nachbarort. Als er die Eingangstür öffnete, sah er schon den Empfangsschalter nicht vor lauter Leuten und musste sich zwingen, nicht sofort umzukehren. Das Wartezimmer, in das er durch die offene Tür hineinsehen konnte, war trotz der späten Uhrzeit brechend voll.

Wenn er etwas hasste, waren es überfüllte Wartezimmer bei Ärzten. Doch er wusste, Helga würde ihm einen Rückzieher nicht verzeihen, und reihte sich in die Schlange.

Bei der Anmeldung erhielt Roman die Nummer 15. Er richtete sich innerlich auf eine nervtötende Warterei ein. Doch kaum hatte er sich auf einen soeben frei gewordenen Sessel gesetzt, hieß es: „Nummer 15, Raum 4 bitte!" Plötzlich wünschte sich Roman, die Wartezeit möge doch noch etwas länger dauern.

Er betrat zögernd einen kleinen Untersuchungsraum, in dem ihn mit nüchternem Blick eine junge Frau erwartete, offenbar eine Assistentin, die den Auftrag hatte, an ihm die üblichen Voruntersuchungen vorzunehmen: Messen von Blutdruck und Puls, Blutabnahme, EKG.

„Bitte einen Moment Geduld, nehmen Sie draußen wieder Platz. Sie werden dann zum Herrn Doktor aufgerufen", sagte sie, als sie die Kontakte des EKG- Geräts wieder von Romans Oberkörper entfernte.

Roman saß im Wartezimmer und betrachtete das Treiben um ihn herum. Nummern schwirrten durch die Luft, Zimmer 3 bitte, dann wieder Zimmer 6 bitte, ein Gewusel wie in einem Bienenstock.

Endlich, er glaubte schon ewig zu warten, wurde er zum Arzt gerufen. Der sah sich gerade die Ergebnisse der Untersuchungen am Bildschirm an. Zu Roman gewandt, meinte er schließlich: „Ja, das sieht leider nicht besonders gut aus", und schüttelte den Kopf.
„Was ist denn los, Herr Doktor?", fragte Roman. Es war ihm nun ziemlich unbehaglich zumute, und seine Hoffnung, dass man

ihn mit ein paar guten Ratschlägen wieder wegschicken würde, schwand.

„Sie haben eine eklatante Herzschwäche. Der Pulsschlag ist weit unter der Norm, zusätzlich treten Rhythmusstörungen auf. Wie lange haben Sie denn die Beschwerden schon?"

„Seit ungefähr vier Wochen", antwortete Roman. „Aber Sie haben doch sicher etwas, das Sie mir verschreiben können."

„Ich denke, mit Medikamenten werden wir hier nichts mehr ausrichten", entgegnete der Arzt.

„Sie werden wohl ein ‚Kastl' brauchen." Roman wurde kalt. Was meinte der Doktor damit, doch wohl am Ende keine Holzkiste? Der Arzt bemerkte Romans Irritation.

„Einen Herzschrittmacher meine ich", erklärte er lächelnd und fügte ernst hinzu:

„Sie sollten dringendst zur weiteren Abklärung und Herzüberwachung in ein Krankenhaus." Roman schaute ihn verständnislos an.

„Und ... wie geht das, wo ... soll ich da hin?", fragte er stotternd. Die Situation überforderte ihn heillos.

Der Arzt bot Roman an: „Wenn Sie wollen, kümmere ich mich gleich darum."

„Ja ... gerne", brachte dieser nur heraus. Nach einem kurzen Telefonat meinte der Kardiologe: „So, das hätten wir." Das sei ein befreundeter Primar der internen Abteilung eines renommierten Krankenhauses gewesen. Roman werde heute noch dort aufgenommen.

„Sind Sie mit dem Auto hier?" Roman bejahte die Frage. „Sie dürfen auf keinen Fall selbst fahren, die Gefahr eines Herzstillstandes ist zu groß, das Risiko möchte ich nicht eingehen."

Jetzt erschrak Roman wirklich. Er wusste zwar, dass es ihm nicht gut ging, aber dass es so schlimm war, hätte er nicht gedacht.

„Soll ich die Rettung rufen, oder kann Sie jemand fahren?", fragte der Arzt.

„Ja, meine Frau kann mich fahren", sagte er wie in Trance.

„Gut, dann bitte ohne Umwege ins Krankenhaus, Sie sind dort avisiert", meinte er und gab Roman die Adresse des Spitals.

Trotz des Verbots, selbst zu fahren, fuhr er erst einmal nachhause. Helga wartete schon voller Ungeduld.

„Na, was ist los?", fragte sie besorgt.

Roman berichtete, was die Untersuchung ergeben hatte und dass er sofort ins Spital müsse. „Was! So arg ist es? Ich habe ja immer schon gesagt, du sollst zum Arzt gehen", meckerte sie.

Roman ließ sich auf keine Diskussion ein. Helgas ewiges Drängen, doch zum Arzt zu gehen, hatte er schon längst satt. Doch insgeheim war er ihr auch dankbar – was er ihr gegenüber natürlich nie zugeben würde. Viel Zeit blieb den beiden nicht, sich über Versäumtes weitere Gedanken zu machen, denn die Zeit drängte. Schnell packte Helga ein paar Dinge, die sie für den ersten Tag in einem Krankenhaus für nötig hielt, in eine Sporttasche und ab ging es.

Roman ließ die Formalitäten in der Aufnahme über sich ergehen und erwartete, dass man ihm den Weg in die interne Abteilung weisen würde. Doch stattdessen standen sie, als sie das angegebene Ziel erreicht hatten, vor der Intensivstation.

Dort wurde Roman schon erwartet. Eine Schwester bat Helga in einen Nebenraum, wo sie sich Schutzfolien über Kleidung und Schuhe ziehen musste. Erst dann durfte sie das Zimmer betreten, in das man Roman inzwischen gebracht hatte. In dem Raum befand sich ein Bett und links und rechts davon medizinische Geräte und Monitore. Sonst gab es nur ein kleines Tischchen. Es diente offenbar dazu, das Essen abzustellen und um dort Medikamente, Taschentücher und andere Kleinigkeiten zu deponieren.

Alles, was Helga eingepackt hatte, musste sie wieder mitnehmen. „Sie sehen ja, wir haben hier keine Möglichkeit, bei den Betten persönliche Sachen aufzubewahren. Sie kommen sonst in ein Depot", sagte die Stationsschwester.

„Darf ich mein Handy behalten?", fragte Roman.

Es traf ihn ein strafender Blick.

„Handys sind strikt verboten. Wir sind ja schließlich auf einer Intensivstation", erklärte die Schwester mit strenger Miene. Also packte Helga Romans Telefon wieder in die Tasche, und Roman war höchst unglücklich, sein Spielzeug abgeben zu müssen. Roman war für seine Freunde der „Smartphone King" – immer, wenn einer von den alten Knackern ein Problem mit dem Handy hatte, kam er zu ihm. Jetzt musste auch noch Helga den Raum verlassen. „Die Besuchszeiten sind draußen angeschlagen, bitte strikt einhalten", wies die Schwester Helga an.

„Ich komme morgen", sagte Helga zum Abschied und gab Roman einen Kuss.

„Alles Gute!"

Roman sah ihr etwas verdattert nach. Er fühlte sich jetzt unmittelbar einer Maschinerie ausgeliefert, die ihm schon immer unheimlich gewesen war. Aber die Schwester wusste, wie sie mit neuen Patienten umgehen musste.

„So, jetzt werden wir Sie an den Monitor anschließen, damit wir sehen, was ihrem Herzerl wirklich fehlt", sagte sie fast zärtlich und begann allerlei Kontakte an Roberts Oberkörper und Finger zu kleben.

„Stehen Sie nicht einfach auf, wenn Sie auf die Toilette müssen. Bitte zuerst klingeln, dann befreien wir Sie von den Kabeln, und hier seitlich haben Sie auch eine Urinflasche." Sie zeigte Roman die Flasche.

Nach einem prüfenden Blick auf den Monitor meinte sie lächelnd: „Na, vor Temperament sprühen Sie ja gerade nicht", und strich Roman übers Haar. „Das wird schon wieder", sagte sie beim Hinausgehen.
Dann drehte sie sich noch einmal um. „Morgen bei der Visite erfahren Sie Näheres von den Ärzten, wie es weitergeht. Keine Sorge, bei uns sind Sie in guten Händen", zwinkerte sie ihm zu. „Gute Nacht."
„Gute Nacht, Schwester!"

Jetzt musste Roman erst einmal zur Besinnung kommen. Wo er schon da lag und sonst nichts tun konnte, begannen ihn die Geräte zu interessieren, die ihn einrahmten. Es war nur blöd, der Überwachungsmonitor war hinter ihm angebracht, er hätte zu gerne gesehen, was sich da abspielte.

Er setzte sich auf und verdrehte Oberkörper und Kopf so, dass er den Monitor sehen konnte. Plötzlich ging ein wildes Konzert von Pieptönen los, piep, piep, piep, das Zimmer war jäh in blaues Licht getaucht, und schon stand die Schwester in der Türe. „Was machen Sie denn für Sachen", rief sie, schaute auf den Monitor und drückte bei Roman, der sich gleich wieder erschrocken hinlegte, auf die einzelnen Kontakte. Dann war der Spuk vorbei.

„Ich wollte nur …", begann er.

„... auf den Monitor schauen", ergänzte sie schmunzelnd.

„Woher wissen Sie …?"

„Ich weiß alles! Das dürfen Sie nicht machen, Sie müssen sich ganz langsam und vorsichtig bewegen", sagte sie. Sie sah Roman an, dann den Monitor, und drehte diesen so, dass Roman ihn an der Glaswand zum Nebenraum zumindest als Spiegelbild sehen konnte.

„Besser so?"

„Sie sind ein Engel, Schwester", sagte er. „Ich weiß, darum sehe ich auch alles. Aber jetzt ist Ruhe!", lachte sie und verließ das Zimmer.

Am nächsten Tag bei der Visite stellten sich die Ärzte vor. Der Primar, der Internist, der Stationsarzt, ein Kardiologe und ein Chirurg.

„Wir werden Sie erst einmal drei Tage beobachten und dann das Ergebnis und die Laborbefunde auswerten. Dann sehen wir, wie es weitergeht", meinte der Stationsarzt, und weg waren sie.

Die drei Tage vergingen so nach und nach.

Selbst in der Intensivstation war es der ganz normale Betrieb eines Krankenhauses. Wenn nicht gerade Helga zu Besuch war, beobachtete er durch die offene Türe und die Glasfront die Dienstwechsel der Schwestern, die ihm immer zuwinkten, und einen sonst eher ereignislosen Tagesablauf. Zwischendurch hatte er seinen „Fernseher", das Programm war allerdings ziemlich anspruchslos, nur Zahlen und Wellenlinien, die sich ständig änderten.

Die Schwestern waren überaus freundlich, die meisten scherzten gerne mit ihm und erfüllten Roman fast jeden Wunsch. Er durfte sich sogar das Menü aus verschiedenen Angeboten selbst zusammenstellen. Man werde ihm morgen bei der Visite Bescheid geben, wie es weitergehe, da die

Untersuchungen abgeschlossen seien, erklärte ihm die Stationsschwester am dritten Tag.

Dann war sie da, die entscheidende Visite. „Wir können die Diagnose ihres Kardiologen nur bestätigen. Nach Auswertung der Überwachung und der Untersuchungen schlagen wir vor, einen Herzschrittmacher zu implantieren, um das Herz zu entlasten", sagte der Stationsarzt.

„Wenn Sie einverstanden sind, könnten wir übermorgen die Operation durchführen", meinte der Kardiologe.

Roman, der sich inzwischen mit dem Gedanken abgefunden hatte, in Hinkunft mit einer elektronischen Hilfe zu leben, war einverstanden. Wenn es sein musste, dann lieber früher als später.

„Gut, dann merken wir Sie für übermorgen 8 Uhr vor."

Am Nachmittag kam nochmals der Kardiologe zu Roman, erklärte ihm, wie die Operation ablaufen würde, und setzte ihm auseinander, was er über einen Herzschrittmacher wissen musste. Er erfuhr, dass es mittlerweile schon längst Routine sei, solche Implantate einzusetzen, und dass der Eingriff in der Regel nicht länger dauere als 45 Minuten.

„Ist die Narkose nicht schon gefährlich in meinem Alter?", fragte Roman vorsichtig. Das war es, was ihn an der Sache am meisten beunruhigte. „Der Eingriff wird nur unter örtlicher Betäubung durchgeführt", antwortete der Arzt.

Keine Narkose. Roman war erleichtert.

Jetzt sah er der Operation sogar eher mit

Interesse als mit Angst entgegen. Am Abend vor dem OP-Tag hatte er sich gerade von seiner Frau verabschiedet, die ihm noch alles Gute für die Operation gewünscht hatte, als eine Ärztin zu ihm ins Zimmer kam.
Sie stellte sich als Narkoseärztin vor.
„Sie haben ja morgen die OP, und Sie bekommen einen Stand-by. Bitte lesen Sie sich die Informationen gut durch und unterschreiben Sie das Formular", sagte sie und ging. Roman stutzte. Wozu jetzt doch eine Narkose? Und wieso ein Stand? Er sollte doch einen Herzschrittmacher nur unter lokaler Betäubung bekommen, das hatte der Kardiologe deutlich gesagt. Immer wieder las er die Information durch, alles drehte sich um die Risiken einer Narkose. Seine Gedanken begannen verrückt zu spielen.

War er verwechselt worden? Hatten die Ärzte falsche Unterlagen weitergegeben? Immerhin war es schon passiert, dass jemandem das falsche Bein amputiert oder ein gesundes Organ entnommen worden war.

Er klingelte nach der Schwester. „Ja, was haben wir denn für Wünsche", fragte sie gut gelaunt.
„Bei mir war eben die Anästhesistin", sagte Roman. – „Ja, mit dem Infoblatt, das Sie unterschreiben müssen, ich weiß", meinte die Schwester. „Haben Sie schon unterschrieben?"
„Das unterschreibe ich nicht. Ich möchte sofort einen Arzt sprechen", sagte Roman.
„Warum? Was verstehen Sie denn nicht, vielleicht kann ich Ihnen helfen."

„Bisher hieß es doch immer, ich bekomme einen Herzschrittmacher unter lokaler Betäubung. Und jetzt plötzlich Narkose und einen Stand!", erwiderte Roman aufgebracht. Die Schwester runzelte die Stirn und las die Information, die Roman ihr hinhielt. Dann hellte sich ihr Gesicht wieder auf. „Ich glaube, Sie meinen die Stand-by-Narkose! Das ist bei jeder Herzschrittmacher-Implantation Routine."

„Was jetzt, wie?", stammelte Roman.

„Stand-by heißt, ein Anästhesist steht bereit, um Sie ruhig und schmerzfrei zu halten, falls die örtliche Betäubung nicht ausreicht", erklärte ihm die Schwester geduldig.

Jetzt fiel es Roman wie Schuppen von den Augen. Nicht etwa er war verwechselt worden und in Gefahr, eine falsche Behandlung zu erhalten, sondern er selbst hatte die Begriffe verwechselt! Stand-by, Stent, Bypass – seine mangelhaften Englischkenntnisse hatten das alles offenbar in seinem Kopf durcheinandergewirbelt, und seine Aufregung hatte ein Übriges dazu getan.

Roman fiel ein Lied des Wiener Komponisten und Sängers Hermann Leopoldi ein, und er sagte zur Schwester: „Ja, da wär's halt gut, wenn man Englisch könnt!"

Die Schwester fand auch den Gedanken einer Verwechslung amüsant, sodass beide über dieses Missgeschick herzlich lachen mussten.

Die Operation am nächsten Tag verlief problemlos, und Roman wurde auf die normale Bettenstation der Chirurgie verlegt. Nachdem der Chirurg einen Tag später die Wunde kontrolliert und festgestellt hatte, dass alles in Ordnung war, durfte Roman tags darauf die Klinik verlassen.

Er ging vorher noch schnell auf die Intensivstation, bedankte sich bei den Schwestern für die gute Betreuung und freundliche Behandlung, verabschiedete sich mit den Worten: „Bye, bye" und lachte. „Bye, bye", riefen sie ihm nach.

Bei der Nachuntersuchung zwei Wochen später erfuhr er, dass sein Missverständnis den ernsten Alltag auf der Intensivstation wenigstens für einige Minuten ein wenig aufgehellt hatte.

Weitere Bücher des Autors

**Vom Leben geschrieben
Teil I
ISBN** 9783748178989

Leseprobe:

Der erste Herbstabend

Draußen zog ein Sturm auf. Er peitschte die ersten Regentropfen gegen die Fenster von Jeannettes Wohnzimmer.

Gedankenverloren starrte sie auf das leere Whiskyglas auf dem Couchtisch. Eigentlich wollte sie aufstehen und sich etwas von ihrem Single Malt eingießen. Allein das

Prasseln des Kaminfeuers erzeugte in ihr schon ein Gefühl wohliger Wärme und Geborgenheit. Sie lehnte sich auf dem Sofa zurück und schloss die Augen. Lange schon sehnte sie sich nach solch einem Abend.

Gestern auf dem Nachhauseweg hatte es schon nach Regen gerochen, und sie hatte den nahen Herbst gespürt. Langsam begannen die Bäume ihre Blätter abzuwerfen. Der Wind wurde spürbar kühler.

Augenblicke des Lebens
ISBN 9783746013695

Leseprobe:

Auf dem Dachboden

Heute ist wieder so ein Tag, an dem man besser im Bett geblieben wäre. Draußen regnet es unaufhörlich, und die Lust, außer Haus etwas zu unternehmen, ist gleich null. Aber ich könnte den Tag nutzen, um einmal den Dachboden gründlich aufzuräumen, überlegte ich. Also schritt ich zur Tat. Es hatte sich so einiges angesammelt.

„Wo fange ich da überhaupt an?", fragte ich mich.

Während ich überlegte und mein Blick über das Chaos glitt, fiel mir eine alte Holzkiste auf. Neugierig geworden, öffnete ich sie. Zu meinem Erstaunen befand sich neben alten Puppen und anderem Spielzeug auch ein Schuhkarton darin. Vorsichtig öffnete ich ihn und sah, dass er alte Fotos enthielt. Jetzt erinnerte ich mich daran, wie ich bald nach der Hochzeit bei Kurt ins Haus eingezogen war. Vieles, das ich aus meiner Wohnung mitgebracht hatte, war hier auf dem Dachboden verstaut. Ich setzte mich in den alten Fauteuil, den Kurt keinesfalls entsorgen wollte, weil er ihn an seinen geliebten Opa erinnerte. Zu dem hatte er ein ganz besonderes Verhältnis…

Fabelhafte Geschichten
ISBN 9783734783302

Leseprobe:

Ein winzig kleiner Frosch lebte im Biotop eines Gartens. Seine Eltern hatten sich beizeiten aus dem Staub gemacht. Seitdem war er ganz auf sich allein gestellt. Alle Tiere, wie Fliegen, Bienen und Libellen, die gelegentlich das Biotop besuchten, freuten sich, den kleinen Kerl immer wieder hier anzutreffen. Einmal sprach ihn eine Libelle an und fragte: „Wieso bist du immer hier, wenn ich auch da bin?"